邵南——著

未完成的世界

上海文化出版社

作者简介

邵南，字太黑，号北斋，1986年生于上海。现任北京外国语大学法语学院讲师。法国巴黎第八大学法国文学博士，欧盟伊拉斯谟奖学金项目"欧洲文学与文化"硕士（法国斯特拉斯堡大学、意大利博洛尼亚大学、希腊塞萨洛尼基亚里士多德大学分别颁证），复旦大学法语系硕士，复旦大学法语系、中文系双学士。主要致力于法语文学及中法比较文学研究，已出版专著《谢阁兰与中国文化》一部，发表关于法国作家谢阁兰及比利时作家梅特林克的学术论文十余篇，另有相关译文多种。

题 辞

奢靡的世界，奢靡的城，只携几分奢望入春梦，
　　但做个雪巷霜街吹箫客；
冰冷的星辰，冰冷的夜，且盛一片冰心在玉壶，
　　遥寄他花溪柳渡踏歌人。

——邵南

目 录

神户港

一

又来到了一个陌生的世界。

最令人晕眩的是同中之异。神户港乍看去和中国的宁波港或上海港没什么两样，但是登岸的那一刻，就看到那些路牌上、厂房上、商店门口……都不是我内心深处认同并期待着的汉字，或者竟是，却夹杂着另一种"乱码"。晕眩。马路上走的都是人，跑的也都是车，而正当我用一种熟悉的、不设防的眼光去打量它们的时候，又是一阵晕眩：都是打左边走的！再看街道和两边的楼房，朴实无华，却也整洁得令人晕眩。

当然，在来日本之前，我早已了解这些起码的常识：平假名、片假名、车子走左侧、街道楼房都很干净……然而来了以后呢？一座普通城市的外表以及一群普通的市民，起初令人错觉为一种同为东亚人的平淡，但是马上，一阵寒风吹醒我的迷眼，并不时地提醒着我：换了人间！

二

电车朝码头方向驶去。我看着这个我生活过的地方离我而去，越来越小，和背后的山、面前的水一起成为一幅画。而这幅画，我初来乍到的时候就见过一次，如今是第二次了——也只是第二次而已。从我来到这里，到暂时移向码头，我只曾在一栋楼房的一间居室里住过，在另一栋屋子的一间居室里吃过饭，或者办过手续，等等。所谓见到这座城市的经历，无非也就是两次而已；要说更多，那就是在地图上看到的这个点。然而见到便意味着疏远：初来乍到或者是离开。

（背景：2006年7月10日、8月22日，日本神户）

安土城

坐在站站停的慢车里，我来到了琵琶湖边的安土驿。这个简单、矮小却也整洁的小驿站的背后，便是整一个安土小城。熙熙攘攘的建筑，冷冷清清的街道，有人的气息，却又见不到什么人。小城周边都是田野青山。田野里尽是青翠欲滴的稻秧。稍远的地方，一列电车稳稳地穿过稻田，到我的来处安土驿去了；而这边，我已走在稻田的中间。田里自顾自劳动的是农夫，他们有自己的生计。那边驿站上的人们，都有自己的方向。青山稳稳地在那里，任人们改变自己的命运。我，此刻踟蹰在田野上，怀揣着自己的愿望。

踟蹰。逼仄的小巷使人安心，旷野令人茫然继而焦虑。踟蹰。既是山城，想必在山上。眼前有两座山丘。其中一座的山脚下，可以依稀看到断断续续的矮石垣。走到跟前，却不禁大为失望。从位置、地形等方面判断，这应该就是安土城迹了；然而实在是太矮了，难道已经为战火烧尽？又看见前方一段，稍稍见些规模，于是沿山脚走去，便见一个缺口，有坡路可以上山。山上想必还有吧。往前走了几步，果然。

原来那些层层叠叠的城墙，都藏在密密匝匝的山林里。只剩下城墙的城堡，就像穿上了迷彩服，与整个山林融为一体，在枝叶间忽隐忽现，宛如迷宫一般。从原来的正门里的大手道上山，左右两边有当年织田信长和部将们的住所，一个个大大小小的平台，上面只留下或整或残的柱础，或者甚而只有一块指示牌："织田信忠邸址""马厩遗址"，诸如此类。此外就是树。走到石阶的尽头，总是又能见到另一重城墙，而城墙之间的石阶路总是曲曲弯弯，视野也总是很逼仄。好在石阶路一共只有两条，否则早就找不着北了。转得失去了方向感以后，终于来到了丛林掩映下的山顶。山顶一大片平地，沃土中半埋着破碎的石柱础，整整齐齐。从解说牌上得知，这里就是大名鼎鼎的安土城天守阁的遗址了。

（背景：2006 年 7 月 22 日，日本滋贺）

寒鸦

"暮春三月，江南草长，杂花生树，群莺乱飞。"晚春的山谷，风声渐渐，水声淙淙，鸟语间关。

寒鸦我被感染得精神亢奋，怀着满腔热情飞来，栖歇在树枝上，观看着这个热闹的场面。有几次，忘乎所以的我也想表现一番。但是表现什么呢？

乌黑的老旧蓑衣，怎配得上飞银堆翠、万紫千红的山谷？粗哑的叫嚷，怎比得上众鸟求偶的或练习求偶的曼妙啭鸣？我能表现什么呢？

鸟儿们在枝条间活泼地穿梭，有几次险些撞到了我。

这不是我该来的地方。我想起了去年的晚春，似也有过同样的感受。我还想起一个祖辈相传的故事。一天，我的一位祖宗正在柳树上休息，看着底下一伙人围坐着喝酒，谈笑风生，于是一时兴起，想与人同乐，便叫喊了几声（咱家族据说也是"一代不如一代"，我祖宗的歌声想来还比我动听些）。不料一伙人中间冒出个胖大和尚，趁醉捋袖，竟将柳树连根拔起……

这不是我寒鸦该来的地方。

何况，我祖宗也许是无奈的，可谁叫我不但不求上进，还沦落到这种地步，本来就只能怪我自己。

那么怎样呢？回到鸦群里去？但是青春年少，不在外面闯荡，更待何为？

还是到需要我出力的地方去罢。我毕竟还能够，用粗暴的声音去呼喊，用尖利的喙作为工具，用心去安慰，用耳去倾听；或者倒还不如自由自在地，在孤独和茫然中唱出自己的心曲，会有那诗人如曹操、王建、张继们前来相会（他们才是真正需要我的人），从我的身上看到他们自己，作出凄美的诗篇流传后世，感动更多有同样境遇的人。

再或者，就栖息在这样一个石头做的灯笼里，为这样一个沧桑的地方增添几分生趣，有一天，会有那独行者路过此地，为斯情斯景所触动……

某日微雨。有个身材矮小的人——我打听了一下，好像名叫太黑——狼狈地来到这里，看到本寒鸦，犹犹豫豫地写下了几句不成体格的"诗"，虽草率粗糙，然心意已达。本来才能各有高低，我也就不强求什么了。不管怎么说，咱寒鸦总算欣慰地看到了自己的一分用处。

（背景：2006 年 7 月 24 日，日本金泽兼六园）

2007 年 2 月 19 日于神户学园都市

大野城

在太宰府基本上找不到去大野城的路标。

不过，既然是山城，就该在山上。太宰府为两山所夹，北为四王寺山，南为基山。四王寺山上是大野城，基山上是基肄城，都是朝鲜式的山城。

于是望四王寺山而去。横七竖八的小路很多，两边都是农舍和水田。越往上路就越少了，渐渐地只剩一条路蜿蜒而上，忽而变成台阶，忽而又变成泥路。我想，在树林中或者会出现几许残砖断瓦，作为古城临近的信号？然而没有。又想，也许会出现一个路标？路标的确是有的，上面写着"烧米之原"，还画着一个箭头。

路并不好走，台阶很高而且不规则。我不知道"烧米之原"是什么样的地方，但是只有这么一条路。

一直都没有什么残砖断瓦的出现，也没有指向大野城的箭头。

忽然眼前一片空旷，我已然登临一个平坦的高台。山下数不清的房屋组成了今天的太宰府城，远山包围着，或者说保卫着它。我到了山顶了？那么大野城又在哪里呢？我不禁怅然若失。

我顺着高台的边沿往前走。前边的树林里，或者有我心目中的残砖断瓦……不过，奇怪的是，怎么会有这样蜿蜒蛇行而又平坦的台地呢？

我恍然：我脚下不是别的，正是大野城的城垣！

（背景：2008年7月9日，日本福冈）

青瓷之路

　　在慈溪上林湖畔，有两座寻常的小山丘，丘上自由地长着些翠竹。翠竹脚下，满山坡尽是些碎瓷片，和泥土沙石混在一起，重重叠叠，正不知厚可几许。翻捡来看，有的粗糙，有的细滑，青的，白的，带有花纹的，一总是废弃之物。

　　那就是越窑遗迹。从唐至清，一千多年的处理品全部就地丢弃，造就了这样的两座"瓷山"。正品呢，都出口到朝鲜半岛或者日本去了。镇海口的招宝山下，一艘艘满载上品青瓷的商船扬帆出海，不顾风急浪高，将要去到海的那边，那遥远的异国他乡。

　　我也曾颠簸两天两夜，望穿那辽阔的海，去到商人们遥望着，甚至有些商人一生也没能真正望见的那片土地。浩瀚的碧波之上，又何曾留下一痕船印？一帆风顺的过去了，遭遇风暴的葬身海底——木浦舟沉，泉州舶现，自明州（今宁波）到博多，水下遗骨正不知有多少。然而，载舟几何，覆舟几许，茫茫东海依旧是大象无形。

　　1987 年，日本的考古队在九州发现了太宰府鸿胪馆遗迹。当年它濒临博多津（约略相当于今天的博多港），是日本的西大门。上至国使，下至客商，要想进入日本，这几间客舍都曾是必经的关驿。

闯过风高浪急的东海，商人们携带的瓷器又碎了许多。清点一番，又是就地掩埋。鸿胪馆的遗迹里，到处都是一堆堆的碎瓷片，一如上林湖畔的两座青丘。

不过，毕竟还有许多完好无损的。交易从这里开始了。鸿胪馆遗迹的一侧，展览着几排来自中国的青瓷器；另外的一些，则由福冈市博物馆收藏着。

交易并没有结束。商船继续驶进濑户内海，去到日本当年的心脏地带：难波津（今大阪）、平城京（今奈良）、平安京（今京都）。如今，奈良的药师寺里，还珍藏着一个当年传去的青瓷碗，它的故乡就是上林湖边的山丘，那许多碎瓷片都是它夭折的兄弟。

出生入死的商人，乘风破浪的商船，成堆成堆的碎瓷片……这一切，成全了历史地图上那一弧细细的、短短的红线：中国瓷器传入日本之路。

而伴随着瓷器的，更有汉字、汉诗、汉文……

（背景：2006 年 5 月 5 日，浙江慈溪；2008 年 7 月 9 日、24 日，日本福冈）

2009 年 9 月 2 日前
（原载 2015 年 2 月 13 日《新民晚报·夜光杯》）

三城记

鹤城山城

1995 年 8 月 10 日，我参观了蔚山的鹤城山城，如今改为供市民休憩的公园，其貌不扬。那年我十岁，是跟着父母去的。

四个世纪前，在 1592 年"壬辰倭乱"（日本称"文禄之役"）至 1597 年"丁酉再乱"（日本称"庆长之役"）期间，在蔚山太和江畔的一座低矮小丘上，倭军设了一个重要据点，是为鹤城山城。盘踞在山城里的倭军首领，是个名叫加藤清正的家伙，山城本身也是由他所建。如今山城早已不存，唯余水井一口。据云，加藤清正被明、朝联军围困于此，倭军所有饮水皆出自此井，水少人多，将士干渴难耐，苦不堪言。倭军出征前在波户岬誓师的盛气，至此早已挫折殆尽。然而加藤清正实非等闲之辈，竟率倭军神秘宵遁。

名护屋城

十三年后，我独自一人，来到了蔚山对面的日本九州。

佐贺县唐津市，本以瓷器为业，不以名胜著称。我在福冈时，人言道唐津不值一去。但是我却不好从人言，2008 年

7月20日清晨，我从福冈出发，换车五六回，辗转来到唐津之西的波户岬。

波户岬，其状长而尖，突入海中。岬上多山丘，其中一座较高的小丘，有城依山势层叠而上，这就是名护屋城——丰臣秀吉入侵朝鲜半岛的大本营，为加藤清正所建。当丰臣秀吉全盛时，此城曾是规模仅次于大阪城的第二大城；如今剩下的只是层层叠叠的城墙遗迹，建筑早已荡然无存。登天守台遗址向西北而望，绿树掩映的整个波户岬尽收眼底。当年，波户岬上曾经挤满了各路大名的营垒，也包括加藤清正的，而不是树丛和村庄；高居天守阁之巅，俯瞰整个波户岬的是丰臣秀吉，而不是我这样的闲人。名护屋城的选址也大有讲究：波户岬的尖端直指壹岐岛，据说天晴时还可见到其正后方的对马岛；而波户岬、壹岐岛、对马岛的连线再延长下去，不到百里，就是今天韩国的釜山、巨济岛、闲山岛一带了。就这样，重兵在握的丰臣秀吉野心勃勃地眺望着壹岐岛、对马岛，一心盘算着吞并朝鲜，进军中国。

而当年陈兵数十万的波户岬，今天已是一片宁静。绿树丛外，偶尔也升起几缕炊烟；呼子港内，懒散地靠着几排渔船。名护屋故城之中，则石垣崩坏，野草及膝。我才离开那天守台没几步，回头看时，上面已经来了一对情侣，倚坐在一棵大树边，悠然地享受起薄暮的清风来了。

熊本城

　　加藤清正从蔚山撤回日本后，大规模改筑封地的熊本城，1601 年动工，历时七年竣工。熊本城深沟高垒，防御力极强，虽处平地，无山海之险，其雄势竟不减名护屋城。然而此君难忘在鹤城山城没水喝的噩梦，几成凿井狂，在小小的熊本城中，凿井竟多达一百二十余眼。今虽仅余十分之一不到，却也足成一大奇观。熊本城下设蔚山町，今天仍是闹市。这样的殊荣，在鹤城公园上乘凉的蔚山市民们恐怕也是不知道的罢。只是，城池修毕，加藤清正一直为丰臣秀吉的后人奔波，直至病死于 1611 年；再过四年，丰臣氏覆灭，而熊本城后来也改姓了细川。

　　今天的熊本城热闹非凡：先前已被列为日本三大名城之一，去年又刚过了四百岁生日。2008 年 8 月 1 日，我来到熊本城中，不知听见了几样听得懂或者听不懂的语言。今天的日本人来游熊本城，每到一井户，必在说明牌前驻足流连，惊奇于当年鹤城山城之围，乃相与指点议论，遥想对岸蔚山的模样。

　　（背景：1995 年 8 月 10 日，韩国蔚山；2008 年 7 月 20 日，日本佐贺；2008 年 8 月 1 日，日本熊本）

2008 年 10 月 4 日于沪上北斋

对马岛

对马岛上并没有高山。然而山连着山，一般模样，转过一重，又是一重；海接着海，一样的蓝，越过一湾，又见一湾。山上只是树林和盘曲的山路，平地几乎是没有的。逢着汽车偶尔驶进山谷时，就能见到民房两三栋，田地五六方，然后是不起眼的小站牌一个。这些一晃就过去了。于是又是盘山路——从树木的缝隙中时时望得见碧蓝的海——上下旋了几回，来到另一个山谷，民房两三栋，田地五六方，小站牌一个——简直让人怀疑又回到了先前的地方。窗外的景色就这样单调地循环着，无穷无尽。

下午3点半左右，公交车停在了一个叫鸡知的小镇上。从比田胜过来，已经开了近两个半小时了。这个小镇总算不那么荒凉了，横横竖竖有几条平行的街道，还有加油站、银行、杂货店、墓地……小镇坐落在一个襟山带海的狭长地带上。从大路向东，有一条简易的小路，许多大大小小的螃蟹从上面爬过来爬过去，发出悉悉簌簌的声音；一边的林子里是乱叫乱嚷的鸟。小路走到尽头，再穿过一个居民区，可见两座突入海中的小山之间，露出小小的一湾渔港，略显破旧的白色渔船整齐地停在里面，似乎睡熟了一般；只有两三艘还在附近海面游弋，悄悄地像踮着脚走路，也许是怕打搅了兄弟们的美梦？晚霞已从山后升起，轻轻地散落在水面，淡黄色的，不很耀眼。两个孩子在一边的空地上玩耍，却也显得安静，仿佛他们的嗓音已被这宣告夜晚即将来临的光芒消去了似的。

我是为了看金田城迹而来的。鸡知离金田城迹不到十公里，但看来它并不出名，对马岛旅游开发的网页上并无这座山城遗迹的信息。我向一个银行职员打听去那里的公交车，她反倒问我："金田城迹在哪里？"我无奈，只得朝着金田城迹方向走了几百米远，想找个车站，却找不到。其实我明知道找到了也没用，因为对马岛的公交车逢周日几乎是全部停运的——而价格优惠的"一日乘车券"却偏要逢周日才卖，号称全岛的公交车随你乘，其实几乎等于空头支票。现在走过去又嫌远，气力也不如上午了；如果偏偏还走了弯路，更不值得。彼时真有"日暮途远"之感了。

算我运气好，问到一家杂货店，那位店主老伯竟去过金田城迹。他得知我是个中国人，独自旅行到对马岛，本地罕见的，不胜惊奇。但他同老伴商讨半晌，却依旧没啥办法，最后对我说，公交车是几乎没有的，尤其今天是休日，再说天色已经不早了，爬到山顶要许多时间，还要下来，今天怕是太难，不如索性就地住下罢，明日再去。于是我只好学对马人，早早地停了脚步，虽然心里十分地懊恼。老伯得知我还未订旅馆，便打电话给他的朋友——一位开民宿的老伯。

那家民宿叫有田屋，一夜四千日元，包早饭，在日本算是很便宜的了。

其实民宿不过三四百米远，老伯却开了车带我过去，途中还让我下去买了个盒饭当晚餐。到了民宿，一对老夫妻已经候在门口了。"你那边有公交车时刻表吧？"杂货店老伯问，具体说了我的行程安排。"没问题，放心，放心。"民宿老伯连声应诺，杂货店老伯就开车走了。

这位民宿老伯比先前杂货店的更显老，满是皱纹的脸上稀疏地挂着几缕白须白发。他的老伴很胖，神情很和蔼。老伯引我上楼。一间日式小房间，一长排大落地窗，陈设极其简单：一地榻榻米席子，一条被子，一个枕头；靠窗摆着一张矮茶几，上面是一个空杯子和一个保温瓶，瓶里是大麦茶；还有一个电视机，一个电话。

我和老伯在茶几边席地坐下。老伯给我倒了杯冰凉的大麦茶，眯起眼睛，把一张白纸和一支铅笔放在桌上，掏出手机，神秘兮兮地给我看了一下屏幕，我见是个裸女，大感意外，他却得意地笑起来。他开始打电话，对方似乎是个公交车司机。老伯问了来往金田城迹方向班车的时间和价钱，一边做下笔记。

打完电话，他向我解释说，过去是早上7点在民宿门口，回来是下午5点在城山（也就是金田城迹所在的那座山）入口。两处本来都是没有站的，不过他和司机是好朋友，已经打过招呼了，会特地为我停一停。可我对他说，下午5点回来肯定太晚，因为我要赶3点25分从严原回本州的班船。可是没有更早的公交车了。他又打电话给一个出租车司机，也是朋友，说价钱大概两千日元。我嫌贵了点，那就只好走路回来了。他说大约十公里路，两个小时可以走到的。安排停当，老伯就下楼去了。

傍晚时分，我到海边去散步。才下楼梯，碰见一个十几岁的姑娘，穿着很朴素，面貌却很清秀，又有些腼腆，也许是老两口的孙女？看见我下来，她微微侧过身，让我方便出去。我向她问个好，她也轻轻地问了我好。我就穿过大路，沿着一条小街向海边走去。天色还亮。鸟叫声此起彼伏，夏虫在路边的树丛中齐声应和。从一侧的沟里时常会蹿出几只螃蟹，横行着穿过小路。来到海边，没有沙滩，是个小小的渔港。玩具似的小船成群结队地歇在港湾里，清闲之极。在这个地方，我简直太忙碌了。

晚上，房间里没有空调，闷热难耐，于是只好大开了窗，结果是把风和蚊子一起放了进来，也顾不得了。独自坐在茶几前面，对着几栋极寻常的民居，一杯又一杯地倒大麦茶喝。摊开了四五张地图，轮换着翻来覆去地看，想去的地方甚多，怎奈没有交通工具，总是枉然。此时忽听得淅淅沥沥下起雨来，又不禁心忧，只怕是人算不如天算，倘使明天去不成金田城迹，岂不白白在这里住了一晚？电视里播的是北京奥运，看看也没趣，反牵起许多羁旅乡愁。虽然千头万绪，毕竟前一夜没睡好，又走了几十里路，倦意上来，就趁早睡下了——其余一切，明天再论。

次日一早醒来，神清气爽。幸天公作美，云散雨收。才收拾过行李，老板娘在电话里呼叫："请用早饭！"于是到楼下客厅。客厅和厨房连在一起，棕红色的椭圆饭桌比普通的大些，却独我一个住客在这里。我吃了两碗饭、一包海苔、一盒纳豆、一个鸡蛋、一块烤三文鱼、一碗酱汤、一小碟蔬菜色拉。一边的电视里播着北京奥运的节目，或许是特地为我开的？临走，老板娘又送我三个大饭团，嵌了梅子、酱菜的，还有一块蛋和一些小菜，都小心地用锡纸和塑料袋包了一层又一层，说是给我路上当午饭吃。还给了一双木筷、一包餐巾纸，里面夹着一张名片，上写"民宿有田屋／大串清子"。又翻了一回冰柜，挑了很大一瓶大麦茶给我。我称谢不已。此时老伯进来，递给我一张去严原的班车时刻表，在14∶27那一班下面画了一条线，说乘那以前的车都赶得上那班从严原回九州的船。

说着，老伯陪我下到路边等公交车。那是雨后初晴的夏日早晨，天已亮了，微风拂面，携来清凉的水汽。路对面散落着一些民居，民居后面的小山丘上是墓地，渔港还在山丘背后。虽然是工作日，街上仍然没有什么人。

老伯忽然问我："你有四百八十日元的零钱吗？"

"没有，我只有一张一千日元的。"

他便努力地翻着衣袋，想找出零钱来换给我，可是没有。他便问老板娘，她正躬着背，步履蹒跚地在门口浇花。她也没有零钱。

"公交车上没有找零机器吗？"我问。

"哦，你会用那个？那就没问题了。"老伯松了一口气说。

然而7点已经过了，车却迟迟不来。老伯似乎也有些着急，左右张望着，不时地看表。

他问我中国话"再见"怎样说，我便说给他听，他模仿了两回。

车终于来了，晚了十分钟。老伯又关照司机："在城山入口停一下，让他下车。"然后教我路上小心，挥了挥手，车开了。

连我在内，车厢里一共只有两名乘客。空荡荡的公交车就这样微微晃动着投入了青山的怀抱。看来这一路也不会再有人来光顾它了。不到一刻钟，车停在了城山入口。

山只有两百多米高，但上山的路并不好走，除了碎石路就是青苔路，或者竟没有路。甩不掉的是些蚊子、苍蝇还有些类似的飞虫。也许人在这里是珍稀动物，已经许多代虫没见过人了。蜘蛛们也争相撒网，挡住去路，我不知撞破几许，拆坏几多，只好烦劳它们从头再来。除去这些，山城的遗迹倒是壮观得很，浅茅湾碧蓝的海和碧绿的岛就在脚下，教人看了晕眩。我挥汗如雨地赶路，走几步，喝一口大麦茶，便觉信心倍增，就像那不是寻常的大麦茶似的。

　　整整四个小时过去，终于又回到了入口。一大瓶大麦茶全部喝下了肚，出的汗一直浸得背包里无物不湿。前路尚远，还须加紧趱行。正行走间，忽然一辆轿车停在我身边，一对老夫妻招呼我过去，说天太热，问我愿否上车同行。我喜出望外，忙道了谢上车。他们问我去哪里，我说去鸡知，此后搭公交车去严原。十分钟后，我便得以在一个名叫"鸡知宫前"的站牌前下车了。我却并不就地等待，又去到有田屋，到老板夫妻处报个平安，跟他们再道个别。然后走到下一个车站，一边等车，一边就啃起那三个大饭团来。

（背景：2008 年 8 月 10—11 日，日本对马岛）

2008 年 12 月 9 日于沪上北斋
2022 年 5 月改定于北京

看相扑

　　每年7月中下旬的时候，经过普通日本人家的门口，总是可以听见门里传来"踩踩踩踩——"的助威声，伴着的是沸腾般的鼓劲和欢呼，于是我知道，他们一定又是在看相扑了。

　　我也喜欢看相扑，不去旅行的日子，就在电视里看相扑。

　　相扑好看，最好看的是相扑力士，又胖又大，特别壮观。相扑力士上场，大多喜欢摆出一副横眉怒目的姿态。最夸张的要数高见盛，每次登场，必先捶胸顿足一番，然后仰天大呼几声，以示威力无穷。事实上，此公的威力实在有限。有一次，他尚余音未消，对手已将他拦腰抱起，直接撂到圈子外面。这时他就垂头丧气，摆出一副"天亡我也"的悲愤面孔。

　　白鹏则不然，不喜不怒，在圈子里蹲定了，一对小眼不动声色地盯着对手；把对方摔倒了，就得意地咧嘴笑笑；等到穿上花衣服坐在轿车里离开赛场时，这才春风满面，眯着小眼对记者的镜头招手了。到底是新任横纲（相扑力士的最高级别），自信满满的。

　　去年夏天看相扑的时候，唯一的横纲是朝青龙。此后不久，

21

白鹏荣升横纲。今年夏天的相扑大赛，朝青龙因故提前退出，剩下白鹏横扫"扑坛"，十五战全胜，其余人竟没有一个输在三盘以内的。白鹏的体型并不突出，在众力士中只能算中等，然而他反应极快，会动脑筋，力气又大，取胜手段也多，所以打遍"扑坛"无敌手。

然而，朝青龙、白鹏都不是日本人，而是蒙古人。接下来最有希望升横纲的琴欧洲，是保加利亚人。此外，朝赤龙和安马也是蒙古人，把瑠都是爱沙尼亚人，露鹏、若鹏和黑海是俄罗斯人……相扑虽说是日本的"国技"，可如今日本"扑坛"上那些最威猛的力士，却已经大都是外国人了。

日本人崇拜朝青龙和白鹏，希望他们一直留在日本，做日本人。可朝青龙有点古怪，坚持要娶个蒙古姑娘，这令日本民众非常失望。

世界各国的力士"混迹"于日本"扑坛"，他们的名字和事迹为日本民众所熟知。此次北京奥运会开幕式直播时，日本电视台的解说员一一介绍入场运动员代表的国家和地区。见保加利亚队入场，便介绍说，保加利亚就是琴欧洲的故乡；见爱沙尼亚队入场，便介绍说，此国乃是把瑠都的故乡；见蒙古队入场，更是不胜欣羡地介绍说，蒙古便是大家知道的朝青龙和白鹏的故乡了。我想，日本人听了这样的介绍，也许会眼睛一亮，打量着那些运动员，脑海中却浮现出那些相扑力士的容貌……

我纳闷，为什么相扑至今还没有成为奥运会的比赛项目呢？

（背景：2006 年 7—8 月，日本神户；2008 年 7—8 月，日本福冈）

2008 年 8 月 23 日于沪上北斋

人与狗

夕阳下，马路边，沙滩上，来了一个人和一条狗。

很普通的海水。海潮例行公事般地起起落落。灰黄的沙滩上散落着一些破水管、烂木头。一个流浪汉，穿着破旧的黑长袍，活像只大乌鸦，慢吞吞地走着。沙滩不大，尽头是些民房，民房后面是座小山丘。这不是个游人常来光顾的地方，唯有海鸥和乌鸦是这里的常客。

那人带着狗在海边自在地走着。狗挣脱了绳套，向岸边跑了几步，又朝我这边跑来，却并不看我。狗主人亲切地喊一声，狗便又轻快地回到主人身边。狗闲不住，去玩海水，又被喊回来。于是人牵着狗，来回走了两趟，登上大路，加入那稀稀落落的人流，归去。

你方唱罢我登场。又是一个人，一条狗。黑衣换成了绿衣，男人换成了女人，白狗代替了黑狗。一条温顺的狗，紧紧依偎在女主人身旁，沿着海滩慢慢走远。

不觉间，流浪汉也走远了。不过，近旁的大路上，已经又来了一个人，一条狗——一个灰白衬衫的年轻男人和一条大黑狗。他俩在沙滩上打闹了一阵，爽朗的笑声和清脆的吠声应和着，远远地向沙滩尽头、向山脚那边飞去，再也不回头……那边，绿衣女人站着不动，看着狗跟海潮嬉戏。这一对，来得快，玩得奔放，去得也疾，一转眼就不见了。

这回是两个中年妇女，一条狗。两人悠然地说着闲话，任由狗这边嗅嗅，那边爬爬。

……

太阳渐渐地向山那边沉去，颜色越来越红，光芒越来越弱，在云层的怀抱里不断地染出一幅幅五颜六色的水彩画。海鸥们和乌鸦们坐不住了，在呼啸的海风中，呀呀地呼喊着，纵身朝流光溢彩的画面扑去，穿过夕照的辉煌，回到山后的家。

流浪汉又出现了，从泥地里刨出一个玻璃瓶。

海潮毫无创意地一波推一波，随即沉入沙滩。

天色渐暗，渐黑……也许不会再有人来了？

可是远处，从马路上又下来一大一小两个黑点。这回似乎是一个孩子牵着一条狗的模样……

（背景：2008年7—8月，日本福冈）

2008年10月11日于沪上北斋

（原载2018年12月11日《新民晚报·夜光杯》）

风雨故人来
——我的台湾亲戚们

初见大伯：风雨故人来

新竹清华大学校门口有个小邮局，至今我还会时时想起它，因为在那里我第一次见到了我的台湾大伯——我父亲的表兄，我祖母二哥的儿子。

在去台湾之前，我怎么都不会想到，在台湾还会有我的亲戚。这真是一件奇妙的事情，连同学们也觉得有些不可思议。

那是 2007 年 8 月上旬的一个晚上，我不抱什么希望地给"张震国先生"（那时还不知道怎么称呼大伯）发了条短信，竟然联系上了。当时约定，晚上 9 点半，在校门口的小邮局见面。

我还分明记得，那晚，天下着小雨，我穿着拖鞋，不大好走路，还迟到了几分钟。然后是，滴着水的小邮局的檐，檐下昏黄的灯，昏黄的灯下大伯沧桑的脸，他那简单的自我介绍："我是张震国。"还有他那奇特的问题："你看我像不像张家的人？"

在昏黄的灯下，为了证明我的"来历"，我向他出示了我祖母兄弟姐妹五人的合影——独独缺了大伯的父亲，他本来是其中的老二。大伯指点着照片，回忆着十六年前回大陆探亲的印象。那时我还很小呢，什么都记不得了。十六年来，包括我的祖母，已经又有两位老人去世了。他问我健在的三位老人境况如何，我难以回答，只好承认我们很少来往。这令他大为惊异。

分手时，大伯握着我的手，反复地说："人们都讲'风雨故人来'，你看，前几天都是大晴天，偏偏今天下起雨来，果然就有故人来了！"

风雨故人来！我就是"故人"吗？我当得起这个诗意的称呼吗？这是怎样的荣耀啊！

那么大伯也是我的故人了。我仿佛是在梦里。我梦游似地踩着满地细碎的灯光向寝室走去，一边不住地想，在台湾居然有我的"故人"……

进了寝室，有同学好奇地问："他到底是你的什么亲戚？""我爸爸的表兄。"我答道。他颇不以为然："好远的亲戚啊！"

老奶奶：会讲岳飞的故事

第二天将近中午的时候，大伯带我去接他的两个孩子，然后到他家闲坐。进了客厅，只听得电视里播着日语节目，一位苍老得似乎已经不能用岁数来描述的老奶奶呆呆地斜靠在扶手椅里，似看非看地对着屏幕。这想必就是大伯说起过的他的老母亲了。

"我怎么称呼她呢？"我有点紧张地低声问大伯。

"你怎么称呼她，她都不在乎了，"大伯平静而略带无奈地说道，"她已经神志不清，不认得人了。"

我坐到她对面，试探着叫了一声"老奶奶"，她没有反应。

过了一会儿，她颤颤巍巍地站起来，面无表情，背有点驼，四肢微微地抖着，在客厅里踱起步来。

她任何时候都很温和。孩子们有时候逗弄她，取笑她，她也不恼怒。

我后来得知，在我带在身边的那张二伯的结婚照上，那位气度雍容、和蔼可亲的中年太太，就是现在的老奶奶。上世纪 90 年代初，为了完成丈夫的遗愿，她和大伯一起跟了旅行团来到大陆，除了各种珍贵的礼物外，还花了巨额的托运费，带来一大箱包衣物，以接济大陆的"穷"亲戚们。大家虽觉得有点不值，但还是深感她的善良与情意。然而岁月逼人，要想把照片上的她与眼前这位形容枯槁的老奶奶联系起来，真是谈何容易！

大伯他们是喊她"阿妈"的。有时候，他们和她还能很简短地交谈几句，说的是闽南话，我听不懂。大伯说，老奶奶也不是完全失忆，不过隔一会儿就要问一问面前和她说话的人："你是谁？"

后来，在三叔（大伯的弟弟）的修车厂里，大概是她又问起我是谁，三叔向她介绍我，她好像回答了一句什么话。我问三叔，他说："阿妈说，你能来看她，她已经很高兴了。"

大伯告诉我，老奶奶如今定期在疗养院里接受治疗。有一次疗养院举办讲故事比赛，她讲了一个岳飞的故事，还得了奖。

大内的房子：回头望乡泪落，不知何处天边

8月11日，在新竹工作的大伯开车带老奶奶、两个孩子和我回他们台南的老家。接近台南的时候，分明是进了台风圈，雨越下越大，天地间一片混沌，只看得见地上的路隐隐向前伸展。大伯说："你看，今天这里雨下得也特别大，再一次印证了'风雨故人来'这句话——我的两个弟弟也快要见到你了。"

大伯的两个弟弟都在台南工作。二伯叫张钟芫，为幼儿补习班开车；三叔则开了一家小小的"达人修车厂"。

大伯兄弟们的老宅孤零零地盖在一个小山丘上，没有什么左邻右舍。通向这座房子的路，掩蔽在高高的灌木和草丛里，仅能勉强容一辆轿车通过。平日里，这是一条蜿蜒的小路；下雨的时候，成了一条蜿蜒的小溪。

站在屋前眺望，台南平原的沃野向西伸展，没入远方的薄雾。不知天气晴朗的时候，能否望见平原尽头的台湾海峡？

大伯三兄弟的父亲，也就是我已故祖母的二哥，我父亲

的二舅，名叫张云鹏。为了糊口，1948年前后，也许就像现在的我这么大，由朋友介绍，在台湾找到了一份小学教师的工作，孤身赴台。后来，他娶了一位台南小姐，就是现在的老奶奶，结婚生子，做了几十年的小学校长，直至退休。国共内战结束后不久，眼见得大陆是回不去了，他就造了这栋房子，把家安在了这里。他把房子造在小山丘上，坐东朝西，为的是可以遥望大陆。于右任的临终诗唱道："葬我于高山之上兮，望我大陆；大陆不可见兮，只有痛哭。"应该唱出了整整一代人——也包括我大伯的父亲——的心声罢？

从二伯出示的他父亲早年的照片来看，那时的室内摆设和今天大同小异，墙上则贴着"××复国"四个大字。二伯略带歉疚地笑笑说："你看我父亲当时还很'慷慨激昂'呢。不过这都是过去的事情了，现在我们大家都不讲这个了。"其实在那个时候，他父亲在大陆的兄弟姐妹们也都在"慷慨激昂"地要"解放台湾"呢。

然而他们的老祖母，也就是我父亲的外婆，只是思念二儿子。听我父亲说，她老人家在世时，最关心何时"解放台湾"。每每说到台湾，想起流落异乡的儿子，总是禁不住老泪纵横。于是我父亲就安慰她："会转来咯。就要转来咯。"（无锡话："会回来的。就要回来的。"）然而一直到她去世，二儿子也没有"转来"。我又听爷爷说，大伯兄弟们的父亲在上世纪80年代末曾写信过来，说想回无锡老家看看。不幸的是，他在刚准备出发时哮喘病发作，从此卧床不起，两年后先老母亲去世，终于没能回到他魂牵梦萦了近半个世纪的故乡，也没能再见上他那望穿双眼盼着他归来的老母亲一眼。

大伯三兄弟都是出生在台南的。只有大伯在十六年前和母亲一同来过大陆，回过无锡老家。我起初见大伯的时候，不知道他出生在哪里，就问他是哪里人。"当然是无锡人啦！"他带着浓浓的台湾口音回答我。他让我学几句无锡话，我才说了一句，他大感新奇，边上他的小女儿早已笑得人仰马翻了。二伯和三叔也都认为自己是无锡人。二伯年轻时服兵役，证件上的"籍贯"栏里被填作"台南县人"，他说他当时非常生气，坚决要求改成"江苏无锡人"。三叔无奈地说："他们老写我们是台南人，我们说过多少遍了，可就是没用。"

对于大伯的父亲来说，无锡当然是他的生长之地，他最亲爱的家园，他对其魂牵梦萦，乃是自然之理。那么对于他的下一代，我的大伯、二伯、三叔呢？对于大伯三兄弟的子女乃至孙辈呢？他们只是从父辈祖辈的教导中知道这个地方而已。但是就我的大伯这一代而言，两岸的亲戚之间仍不时有联系，所以他们对无锡还存有直观的印象，还怀有深厚的感情。据我父亲说，大伯那次回无锡探亲时，曾抓了一把无锡的泥土带回台湾。可惜我忘了问大伯，他是怎么处置那把故乡的泥土的？

二伯：想当年，金戈铁马

在台南的时候，大伯兄弟三人每每带我走亲访友，总要把我隆重地介绍一番，说我是他们的上海亲戚，名门复旦大学的学生，到新竹清华大学来交流，懂得许多门外语，还会讲上海话、无锡话，等等。从他们的介绍里，听得出他们以有我这么一个亲戚为荣的意思。我对此常感动无语。

那几天里，白天大伯或三叔开车带我观光（孩子们有空就一起跟去），吃各种新奇的台湾小吃，虽然天气不好，却是其乐融融。就因为我说过一句想去澎湖，三叔就特意驱车去布袋港，看开往澎湖的客船的售票和上船地点，让我好生过意不去。

到了晚上，二伯会陪我聊天。二伯喜欢讲自己当年当兵的经历。他给我看他那时的照片，很是英俊潇洒，我大感惊奇：他年轻时的相貌跟现在他的儿子简直一模一样。他说当时在伞兵队里服役，做了班长，优待士兵，只要士兵学好了该学的技术，他就带他们去玩。他还仗义执言，不惜顶撞上司，但他的上司们拿他也没有办法，因为他的体能之强、技术之精罕有匹敌，部队少不了他云云。

但退役以后，他似乎颇不得志。他考了各种驾照——从最初级的机车（摩托车）驾照，到重型机车（重型摩托车）驾照，再到货运车驾照，最后是客车驾照——就我看来，这也足够称得上业有专攻、术有专精了。然而他现在的工作只是为幼儿补习班开车，每天接送孩子，再加上中午送饭。由于路近，工作时间总共不超过半个小时，工资也仅略高于最低工资线。台湾人相信名字与运气有关，为了转运，二伯两次改名，从"张君玮"改到"张四维"改到"张钟芫"，运气却依然未见起色。

二伯雅好集邮。他每每在店里看到中意的邮票，就一买两三套，最喜欢的甚至一下子买十几套，说是为了和其他爱好者交换，实际上大多是送人的。二伯积蓄的邮票有好几箱之多，基本上都是台湾邮票。在台南的第二天晚上，知道我也喜欢集邮，二伯翻箱倒柜，一套一套拿出来让我欣赏，不管价值高低，凡有两套的就送给我一套，有五六套的就送给我两套，甚至有全版的，他就撕成两半，比对一番，把好的一半给我。前后看了两个多钟头，二伯赠我的邮票把一个文件袋塞得鼓鼓囊囊的。

第三天，我要去高雄拜访简锦松老师，二伯开车送我去新市火车站。因为他还要为幼儿补习班送饭，所以就把我也带上了补习班的车。车停在补习班门口，二伯让我下来参观。一个看上去比我大不了几岁的年轻女老师，带领长长的一队孩子出来打饭吃。孩子们最大的大约只到二伯胸口，膀大腰圆，皮肤黝黑，穿着汗衫人字拖的二伯，在他们中间鹤立鸡群，看上去有点滑稽。他爱怜地逗逗这个孩子，摸摸那个孩子，忽然看到亭亭袅袅的女老师，就照例得意地介绍起我来。

然而听了二伯的介绍，衣着考究的女老师只是满脸狐疑地瞥了我一眼，以回答我的欠身致意。

告别大伯：只为着"亲戚"两个字

由于淫雨连绵，道路积水，我终于没能去成高雄。第三天中午，我随大伯回新竹，同行的仍是他的两个孩子，还有老奶奶。

车驶离台南县境，穿过嘉义、云林，进入南投，雨就渐渐地小了。远处是灰蒙蒙的中央山脉，山头堆着些灰灰白白的云，简直分不出哪些是云，哪些是山。车在略有起伏的宽阔谷地里行驶，有时眼前现出一大片灰白的无甚特色的低矮建筑，那就是城市了，南投市、彰化市，一一从车旁过去。

大伯专心开车。老奶奶把安全带套在脖子上。大伯的小女儿精力充沛，不停地取笑着"阿妈"嘴里吐出来的每一个词——在老奶奶的话中，时不时地还要夹带一点日语。

我看着窗外的风景，大伯兄弟们的热情款待令我十分过意不去，接近新竹的时候，我向大伯表达了这个意思。

"其实大家都是一样的，"大伯悠悠地说，"那次我去上海的时候，你爷爷奶奶不是也很热情地款待过我吗？我那时候哪里想得到有朝一日可以回报在你身上呢？人在旅途，总归缺少支持。我年轻时曾经到世界各地旅行，我知道每一顿饭，每一班车，每一个方向，都要自己操心，非常辛苦。

而亲戚可以给你支持。在台湾，你有亲戚，你的同学没有，你就比他们幸运。"

回新竹以后，我由于赶着写研究报告，还要重下高雄，造访澎湖，因此只给大伯打过不多几个电话，真正见面的机会就更少了。有一天晚上，大伯开着他那辆"福将保全"的车，领了两个孩子，来到小吃部门口，由我带着参观了一回寝室，又聊了一会天。又过了几天，那正是我离开台湾的前一夜，大伯来到我的寝室，却没有见到我。那时我刚从澎湖回到高雄，打算赶夜车回学校。我上车前给大伯打了个电话，才知道他来过寝室。"记得你喜欢吃释迦，回去就吃不上了，所以特地给你拿了一个去。"大伯在电话里如是说。他还问了我第二天早上出发的时间。凌晨1点半我回到寝室，看到大伯拿来的释迦，还有两串葡萄和一个苹果，那么多食物，还有我路上买的贡丸，眼看再过四个多小时就要离开……于是一夜不睡，慢慢地整理行李，一边消化大伯的美意。早上6点多，我艰难地搬着行李到食堂买早饭，居然又见到了大伯，原来一向晚起的他特意起了个大早来送我。然而不到一刻钟，去机场的车来了，新竹清华的接待学生就来催我上车，于是我只得匆匆和大伯握了握手，就此辞别。

三个多小时以后，我正式告别了台湾。

回到上海后，我给大伯打了电话，再次表示谢意。"不必客气，"电话中，对于我的表示，大伯说，"所有的一切，都只为着'亲戚'两个字。"

我第一次感觉到，"亲戚"原来可以是这么美好的一个词。

（背景：2007年8月，新竹、台南）

2007年11月4日于沪上北斋

二鲲鯓炮台

二鲲鯓炮台在台南安平港，是 1874 年清朝钦差大臣沈葆桢为防备日军的侵略而建的，1876 年完工。

炮台为四方形，四角为突出的棱堡。中间是一片草地，四边垒起，基本与炮台的外墙垣持平，除面海一侧置最大级大炮三门外，其余皆置小炮。棱堡中亦各置稍大的铁炮。炮座下面，是弹药库和兵房，今已不存。炮台外墙垣以外是护城河。炮台设城门一座，外侧题"亿载金城"四字，内侧题"万流砥柱"四字。城门和城垣都用单一的红砖砌就，在青葱翠绿的草树之间，格外鲜丽夺目。

我和大伯（家父的表兄）来到此处，才进城门，突然天降下暴雨来。不得已，只好退至城门里暂避，眼看着积水越涨越高，渐渐漫过脚踝。门洞纵长虽有三十米左右，无奈风强雨暴，不但门里都积起水来，而且风将雨一直吹进门里约二十米深。我们只好将雨伞撑开挡着背，由于风力较猛，还弄折了伞。不久，雨渐渐小了，涉水进门，只见城中也是一片水乡泽国景象。我心里暗自好笑，名为"亿载金城""万流砥柱"，口气之大，正是亘古未有；然而才下一会雨，城门就成了地道的水门，"亿载"之城居然如此容易就被淹；

37

"万流砥柱"倒是写得很吉利，通俗言之，就是淹了也不会倒，莫非这竟也是一种"未雨绸缪"？

不过细细想来，当年这种西式炮台对中国人而言还是新鲜事物，沈葆桢用西方的先进防御系统来防守台湾，岂非出于"师夷之长技以制夷"的好学之心，而源于抗击外侮富国保民的赤子之情？此情此心，毕竟令人感佩。而新的装备中，正蕴含着新的希望，所以题起名来，亦要比传统的题法更进一步。于是传统的"金城汤池"就"升级"为"亿载金城"（再说，"亿"字古人不常用，一般夸张用"千""万"即可），而传统的"中流砥柱"也就"升级"为"万流砥柱"了。

然而可笑亦可悲的是，炮台建成之后——也不曾经过千年百年——不满二十年，甲午一败，台湾被割让给日本。沈葆桢在台湾的惨淡经营，包括这座"亿载不倒"的炮台，既来不及护土，更谈不上保民，而顷刻间尽为他人囊中之物矣。

风雨早已不再那么蛮横，但雨还在下，凄冷的水珠嗒嗒地滴在我们的破伞上，也淋在那些报国无门的大炮小炮上，把它们打得更加残破。炮台内已经没有其他游客；管理员尾随着我们，等我们一下引桥，便拦上了通往城门的路。于是，在雨中瑟瑟发抖的树，浸泡在水里的青青草地，伤痕累累却被雨淋得透亮的小炮大炮，"万流砥柱"的豪言壮语，一切都留在那个红砖垒成的城门后面了。只有炮台里的积水，无声地通过城门向外淌着，终于从排水孔中泄出，和护城河汇为一体了。

（背景：2007年8月12日，台南安平）

四十年老店

天阴阴的，小雨下个不停。一幅老照片贴在人行道外侧的立柱上，作为广告之用。照片一角有注："创业于1964年（拍摄于1976年）"。照片上是一家店铺：画面中央是店老板——一个精瘦的小伙子，在忙着煎什么食物；老板温柔美貌的妻子在旁边帮忙，周边围着的是一大群食客；店里还有几位客人在用餐。所有人都笑容满面，一片欢愉、热闹的景象。

我不自觉地朝人行道里侧看了一眼。显然是那家店的。那是一家极不起眼的小店，里面摆放着简单而油腻的桌椅。店招很暗淡，我已记不清上面写的什么。下面挂着一块小牌子，上写"四十年老店"。牌子底下，矮旧的柜台后面，坐着年老的店主，面无表情，但精力看来还很充沛。尤其是，他的面容和老照片上的非常相似，只不过脸上已添了许多皱纹，而须发也已尽白。

对，应该就是他，当年的年轻人，三十一年过去，而今他已老了！

三十一年过去了。八元钱的担仔面已经涨到三十元；挂在竹竿上的纸板招牌已经换成新式的灯箱招牌；铁筷子已经换成一次性筷子；店里面贴上了瓷砖，用上了电视，添上了冰箱……一句话，几乎所有的东西都换成新式的了——然而人老了！

这三十一年他是怎么过的？也许，就一直坐在这个柜台后面，看着顾客来；顾客要吃担仔面，他烧担仔面；顾客吃面，付账；然后又来了一位顾客……人多的时候，也不过就是动作快一点而已。而对于他来说，一切都成本能了，那种年轻时的热情，则早已被时间冲洗得荡然无存。"悲欢离合总无情，一任阶前点滴到天明！"

这家店的隔壁还有一家担仔面店，也是老店，如今店面已经很阔了，装修得相当整洁，面也已卖到了六十元一碗。该店的老板，也可以算得上是个小小的"成功人士"，可以让子孙们稍稍怀念一下了吧。

而对于眼前这位老者而言，台南担仔面的美味，永远只属于他的客人，他自己一定早已吃腻；他的大半生只换来了这个小小的、自己给自己颁发的"证书"："四十年老店"。

不，确切地说，现在已经是四十三年老店了。

（背景：2007 年 8 月 11—13 日，台南）

简老师

2007 年 8 月 20 日下午 3 点 45 分，高雄市中山路七贤路口的姿也美容院门口，我徘徊不定，等待着一辆"银色轿车"的出现。

回想起来，我从新竹来到高雄，实在是一路不顺：一来是在台中、台南换车费了许多时间；二来是到了高雄，由于座椅太大，司机没看见我，以为所有乘客都下车了，于是把我径直开进了车库。

经历了种种不顺，就更加急切地想要见到简锦松老师，否则一天光阴岂不白费？

不过事实上满街跑的都是银色轿车。我疑惑地看着一辆辆银色轿车从路口开过去，有一直过去的，也有停下来的，但看来都和我无关。其实我早知道银色轿车必定很多，所以打简老师电话的时候就问他车牌号码，他却哈哈笑着说，那是他太太的车，他记不得车牌号了……

正想着，肩上被人拍了一下，回头看时，是一位穿着灰色长衫的先生，挺着个大肚子，无忧无虑地仰天大笑。我有点意外，没想到简老师是这般模样。还没等回过神来，我就已经在车里了。而简老师在副驾驶座上舒服地一躺，车就开了。

开车的自然是简师母。

我想象中的简老师却不是这样的。那时新竹清华的蔡英俊教授介绍我去高雄见简老师，我就在网上查了他的资料，以为他大概是位政治热情和学术热情都很高涨的教授，不免对他有些害怕。后来给他打电话，他的态度很随和，说自己一般都呆在家里不出门，和蔡老师不一样，对学校的行政工作不感兴趣，又说自己一般白天睡觉，晚上写书，等等。我听了这些，又安心了些。但他原来是眼前这副模样，却是我始料所不及的。

轿车开往高雄中山大学。简老师舒舒服服地躺在那里，便和我闲聊起来，从自己在大陆的经历，说到台湾一些文学奖项的评定。谈到台湾的"机车"（即摩托车），他说，大学里男生一般都要有了机车才找得到女朋友，因为可以载着她们到处跑；他有个学生没有女朋友，于是他就借钱给学生买了辆机车云云。

说话间，来到了校门口，见了两个警察，相互热情地打了个招呼。"你看台湾的警察都很客气的，看到你都会笑眯眯地打招呼，"简老师说，"大陆的警察就不一样，从早到晚铁板着脸，总是一副很酷的样子。"

说话间，早来到中文系大楼前。简师母向我介绍了中文系的花园——要不是她这样讲，我一定会以为那只是一片普通的弃地。花园很大，形状不规则。跟着简师母的指点，我依稀分辨出一个残破的茉莉花棚子，几株极矮的桂花——杂草几乎就要把它们淹没了。据介绍，刚刚来过一场台风，把棚子刮破了，焚风将花叶都烧焦了，一片狼藉。

简老师曳着长衫，径直走了进去，一直走到尽头，停下来，垂着头，好像在默哀。我不明白发生了什么事，好奇地从旁边绕过去，才看见他手里扶着一株极细的树——我吃惊地听他说，那居然还是棵芒果树！想着水果摊上看到的那些硕大的芒果，再看看眼前这株比豆芽粗不了多少的树……也确实可怜，飘摇在风雨中，奄奄一息。简老师低着头，一言不发。

简师母也随我走了过来。"得用木棍将它支撑一下。"简老师轻轻地说。

"等明天风雨全过了，我们再好好地整顿一下这个园子。今天就算了吧！"简师母说。

我们就上了简老师的办公室。办公室在七楼。打开门，地上湿湿的，还有些枯叶。得把地上的书箱都堆到桌子上去。简老师抱着底下湿了的书箱，还是那样轻轻地对夫人说："那棵芒果树真可怜，得用个木棍支一下。"

"今天天色也不早了，明天一起弄吧。不会有大风了。"

才下楼，简老师又说："我还是弄一下吧！"

简师母笑了，知道拗不过他，就默许了。简老师重新上了楼。过了几分钟，只见他饶有闲情逸致地，拿了一根木棍，从楼里踱出来。

这回简师母是让他脱了长衫进去的。他在里头弄了一阵，总算支好了。不过他出来的时候说，一根棍子还不大牢，最好再弄一根。又慢悠悠地上去，扛着把钉耙下来，从园里取了斗笠戴上，还有锤子、钉子、绳子……于是把钉耙也支了上去，敲了钉子，绑了绳子，总算三足鼎立。然后还要把锤子放好，他慢悠悠地进楼。

才到门口，他忽然站住不动了。

"怎么啦？"简师母问道。

"我在想，是不是把锤子放车里算了……"

"还是放回去吧。很快的。"

"没关系的，就放车里好了。"

"你要忘记的，到时候又要找不到了。"

"好。"

于是那个背影又慢悠悠地动起来。

等他下来，我们走回车里。经过一个滴着水的房檐，我绕开了，然而简老师径直从下面穿过，毫不理会衣服被打湿。

坐到车中，简师母问："从校园里面开还是从外面开？"

"从外面开吧。"简老师淡淡地说。

开了一会，到一个岔道口，忽然简老师轻轻地说："还是从里面开吧，好让孩子看看我们的学校。"

简师母刚往里拐，简老师又道："还是走外面吧，学校又没什么特色，还不如外面好看些。"

简师母笑道："你这样叫我真难开。"随即来了个一百八十度大拐弯。

……

后来，简老师带我参观了他的学校、他的办公室、他的花园、他的诗社、他的家。简老师举手投足之间，体现出的尽是潇洒闲适的古代文士风度，却担负起了绝不闲适的引领大众继承古典的使命。而由简老师热心展示的大量照片中，也可以发现台湾民众非常热衷于他所举办的各种活动。

见过简老师后回到新竹，蔡老师问我感受如何。我不胜欣羡地说，简老师走路的姿势像古人，说话随和风趣，待人古道热肠。蔡老师哈哈大笑："他这个人就是魏晋风度。我曾推荐过好几个学生去他那里，其他人都觉得他不怎么样，只有你对他评价那么高。"

后来，我绕道香港、乘沪港列车回上海，才下火车，就见一位警察叔叔边手舞足蹈边吆喝，不时地叱责旅客"不要乱走"，果然酷得很。我感到一阵亲切，久违了的故乡的警察啊！

（背景：2007 年 8 月 20 日，高雄中山大学）

2011 年 9 月 20 日前

交流道

当我一个人从交流道（立交桥）边下来，已经快凌晨 1 点了。阴黑的马路上除了汽车飞驰的声音，就只有路边草丛里低低的蛩鸣。我路过一家还在做着最后生意的贡丸店，路过交大门前的车站，路过我熟悉的清大门外的长途车站，而后亲切的清大校门隐隐地出现了……

我觉得有点不可思议：九个小时前，我还在猫鼻头打听回恒春末班车的时间；八个小时前，我还在恒春东门外的湿泥地里；七个小时前，我在恒春一家小餐馆里吃晚饭；六个小时前，在恒春回高雄的车里，我有些不耐烦地看着车在积水的狭窄街道上艰难前行；五个小时前，我望见了远处高雄的灯火，想象着简老师在其中的一盏灯下埋头写作；四个小时前，我在高雄车站对面买了回程车票；三个小时前，我睡眼蒙眬，盘算着几时才到得了新竹……

如今，一切担心居然顿时烟消云散，只因眼前就是这亲切的校门！

（背景：2007 年 8 月 21 日，新竹清华大学）

榕树·法语·人生

辅仁大学的校园郁郁葱葱，最多见的要算榕树了。宿舍门前就有一棵大榕树。苍老、古拙的树臂上挂满了粗粗细细的毛糙须根，有一些扎入泥土，更多的只是高低错落地垂着，不见归宿，犹如漂泊无依的旅人。

除去树根不算，整株榕树犹如一个巨大的倒三角形。

穿过两排榕树，走进音韵史课堂。老师教我们画演变图，把七八个字母的拉丁词变成两三个字母的法语词。一排排的箭头如榕树根一般垂下，到半空便相继消失，唯有个别字母落地生根，或者变化之后存活至今。远远望去，明净如窗的白板上，一个个大大小小的倒三角，记录着法语这个"败家子"的行径。

语法上也一样，名词的六格简化成双格，最后完全崩溃。

幸好，还有许多有识之士，或者为了复古，或者为了增加民族自豪感，或者为了炫耀自己的学问，重新拾来许多拉丁词，改造成彼时法语词的模样……

有时我想，这些没有着地的须根，也许有朝一日会扎进泥土，也许永远扎不进，因为它们的下方已经被别的须根捷足先登，完完全全地占领了。

我来到辅大的榕荫之下，不过四十四日。而其间所修习之课程，邂逅之人事，品尝之美食，登览之山川，领受之先贤懿范，如密密匝匝的榕树须根，如今对其感受尚深，诚不愿丢弃其万一。愿我能永远保有现在的印象……可是不！时间如流水冲淡一切。两年前初次访台时的美好回忆，如今还想要寻找、延续那些轨迹，它们中的大半已经像那些拉丁词的字母一样烟消云散，或被新的人事所取代。而这一回，无论是故友的情谊，还是先贤的逸事，是府城的夜市，还是绿岛的晨风——其中的多数，哪怕我不愿意，也将再无下文。

然而须根纵不着地，那是榕树的须根；拉丁词的字母消失殆尽，那是法语的源泉；已逝的点滴可以没有归宿，永远地悬着，那也是人生的一部分。况且一树的须根，谁知哪几缕可获新生？人生的经历，谁知哪一些可以延续？又有谁知，哪几件，有朝一日，将被重新拾起？

谁知道！然而我确定地知道，每一次拾起的，都将是惊喜。

（背景：2009 年 7—8 月，新庄辅仁大学）

2009 年 8 月 17 日于沪上北斋
（原载 2015 年 1 月 16 日《新民晚报·夜光杯》）

在水一方的辟邪

"什么？好像没听说过……"警卫疑惑地说。

"有个大概这么高的辟邪……"我用手比画着。

"哦……是不是还有些石碑、石柱之类的？"

"是的。在哪里？"

"沿左边的大路往前，到第一个红绿灯右拐，再笔直走，就看见了。"

"谢谢。"

我急急地朝着那个方向走去。南京东北郊的仙鹤门一带是个冷冷清清的大学城，各个十字路口之间也相隔很远。好不容易找到一个红绿灯，右拐，一直走去，一边向着道路两旁努力地张望。然而左边是个乱糟糟的工地，右边是应天学院校园的围墙。总算，右边的围墙到了头，接着又是一段铁丝网围起来的稀疏的林子。眼看着路也快到尽头了，正着急时，却见林子里依稀露出一个头来，更深处似乎还有石碑。

那么，关键是找个门进去。可喜的是，果然就有了一扇门。更可喜的是，两个农妇就坐在门里侧的泥地上吃东西。

"请问可以进去参观一下吗？"我问。

"行，门没锁，你自己开。"其中一个说着，只顾吃。

　　我把手伸进去拔掉插销，就进了这个园子。沿着一条较宽的泥路往里走，穿过一片疏林，路两边便分别出现了一个大池塘，池塘周围有小片的田，还有许多野草、芦苇、灌木之类。左边那个池塘满是红红绿绿的浮萍，池塘的那边散落着一座古碑和两个石表；边上一块小石碑，显然比那三个新得多，隐约可见上面写着什么"石""宏"之类的字样，还有些笔画多的字。"石"后面想必是"刻"，"宏"前面应当是"萧"……总之这就是文保碑无疑了。右边那个池塘的对面，野草丛中，站着一个昂首吐舌、阔步向前的辟邪——它孤零零地被丢弃在矮树林和池塘之间的泥地里，面朝着新校园丑陋的背影；而它的同伴（另一只辟邪）则已经在若干年前的一个风雨交加的夜晚，崩碎成一堆石块，永远不再起来了。

　　这一只倒还安然无恙。可是它的头上已有许多横七竖八的裂痕，教我看了有些担心。至于它曾经的威严，在这样一个荒唐可笑的环境里，也几乎磨灭殆尽。

　　我不满足于远观，想绕着池塘接近它。一丛丛芦苇随风摇曳，红蜻蜓在点点浮萍上来回穿梭。哎！正是"蒹葭苍苍，白露为霜。所谓伊人，在水一方"！我试着"溯洄从之"，却被一座小房子拦住了去路，"道阻且长"；再试着"溯游从之"，结果越走越泥泞，高高的芦苇和灌木差不多遮挡了视线，那辟邪却依然"宛在水中央"！

我始终接近不了它，只好沿着池塘边往回走。蒹葭丛中、水塘彼岸它的背影，正如一个不合时宜、风烛残年的古怪老人，在这些新楼房、铁丝网、建筑工地、简易棚屋的围攻下，就要逃进这片灌木丛，并永远隐没其中。它还新近失去了那个和它凝眸对视了一千五百年的伴侣。它也许会感到空虚。然而我对它爱莫能助，我和它之间远远不止一水之隔……

　　正凝想间，忽然小房子那边有人呼喝起来，直到那人走近了，我才知道是冲着我来的。那是个粗壮的老头，除了一条红三角裤和一双破拖鞋，全身上下赤裸着。他怀疑地把我打量了一番。

　　"喂，你进来干什么？"

　　"看看这些东西，照几张相。"

　　"哪里进来的？"

　　"那个门。"我朝身后一指。

　　"快出去！"

　　就这样，我出去了。我还听见他在指责那个农妇："以后不准放人进来！"

　　回去的路上，我一直试图去想，这就是那个六朝石刻中的经典之作，也正是南京市新近决议通过的市徽图案……可是，它只是一个被时间放逐了的老人，正如所有那些曾经厥功至伟的老人一样，载入史册或者被人歌颂的，只是他们的名字、形象，或者他们象征着的一些概念而已。至于其命运的坎坷和辛酸，被历史潮流所抛弃的痛苦，大概只有那方几乎磨平了所有字迹的石碑才能理解吧？

（背景：2007年10月3日，南京）

2007年11月26日于沪上北斋

玉泉观

天阴沉沉的，朔风四起，偶尔还飘一点雪。

衰老而憔悴的道人，灰蓝的道袍，光滑的手杖，蹒跚的背影，沿着古老的石阶向上攀登。

石阶的顶上是一道山门，一点也不壮观，却有几百年的历史；朱红的门扉，黄绿色的琉璃瓦，也早已不再光鲜。

山门两旁敞开，中间是关上的，但两扉之间却留着一道粗粗的缝隙，令人想起牙齿脱落的老人的嘴。

山门背后，露出黑黑的三清殿的轮廓。

山门正中，悬匾一方：人间天上。

石阶两侧是朱红的墙垣，然而和门扉一样，看得出它经历了多少风霜。墙垣有一处缺口，那里是一小畦菜地。

道人缓缓地向上攀登，他的步伐里，没有隐士的潇洒，没有信徒的虔诚，更像是他一辈子就在这石阶上度过，七情六欲早已尽付与这暗淡的"人间天上"。

于是想起了另一个道人。那是在终南山麓，在一座小道观中，道人正和一俗客促膝谈心。细听时，原来该俗客遭遇伤心之事，想要出家，求道人收其为徒。然而道人说，出家不解决问题，关键是要想得开，要乐善好施。若做得到这两件，不出家也罢；做不到这两件，出家又能如何？

听其谈吐，果然高人！

（背景：2007 年 12 月 9 日，甘肃天水）

故乡

我的故乡究竟在哪里？

如果说，我出生的沪郊长桥那个叫柿子园的村子应该是我的故乡，那么它早已不存在了。那曾经的生机勃勃的农田，已经被林立的高楼踩在脚下了；那曾经的蜿蜒流淌的小河，已经被平直的街道压服了。事实上，除了那条曾经清澈的、被鲜花簇拥着的小河还长存于我的记忆以外，我对那个村子的印象总不是太好；所谓的田园逸趣，淳朴人情，似乎也一向与我无缘。现在若要使劲回忆起来，无非是人们动不动就聚作一堆，闲扯些家长里短；还有闷来捉蟋蟀、蚱蜢玩……总之，我出生的那个村子已经完全消失了，似乎并没有给我留下多么深的印象。

如果说，我父系祖辈居住的村子便是我的故乡，它倒暂时还在。祖父出生在那里，父亲的童年在那里度过，有些父系的亲戚还住在那里。那是无锡东埭镇的邵巷上，可以说是我的"根"之一。我过去一直喜欢说自己是无锡人，因为嫌上海没有深厚的历史文化底蕴；我现在还喜欢说自己的故乡在无锡，因为看不惯上海人有时对异乡人的歧视。然而我毕竟不是在无锡长大的，也不曾在无锡居住过，对那里的人情风物更少知识，也少那种发自内心的依赖感。再说，那个祖辈居住的村子不久也将面临拆迁，我的那个故乡又将不复存在了。

我的故乡，究竟在哪里呢？

我喜欢旅行，喜欢看壮美的河山，喜欢看沧桑的古墓，喜欢看巍峨的城墙。每到一处，我总要扪心自问，老了以后再来住住何如？然而答案好像总是否定的。哪怕景致美如天堂，哪怕空气清新到零污染，哪怕先贤危坐于祠庙中垂范万古，哪怕古道残阳教我乍喜还忧伤……然而我终于还是不愿意在异乡定居。那些地方对我而言太过生疏，只堪欣赏，难以亲近——正如王粲在《登楼赋》中早已写过的："虽信美而非吾土兮，曾何足以少留？"

有乡愁的旅行才是美好的，没有乡愁的旅行是流浪。于是我明白，我还不是流浪汉。我还有家园。旧时的居所不在了，然而故乡还在。杨柳、池塘、湿泥、麻雀、稻田、浅灰蓝色的天……我属于这一切。我的故乡在江南。

"暮春三月，江南草长。杂花生树，群莺乱飞。见故国之旗鼓，感平生于畴日，抚弦登陴，岂不怆恨！所以廉公之思赵将，吴子之泣西河，人之情也，将军独无情哉？"（丘迟《与陈伯之书》）这番话的力量，我终于感受到了。

2008 年 3 月 31 日改定于沪上北斋

游子之歌

　　小丘上来了个游子，不知道什么时候。

　　花香清纯如黄昏的天光，沁入人的口鼻。他嗅出了青年时代充满憧憬的欢欣。树林荫翳，清泉下泻，人鸟共乐，花影摇曳。

　　晚风渐起，捎来一阵欢声笑语。是小丘底下的农家孩子们，嬉笑着打闹着，还不肯回家。脚边，半枯的草在风中疲软地摇曳；忽地钻出一只松鼠，又忽然不见了踪影。

　　村舍的灯光渐渐明亮起来。小丘下燃起一堆篝火，村民们招呼着喝酒，唱歌，喜气洋洋。淡紫红色的夕阳余晖犹在，似在天际挣扎着，缩小，缩小……然而还在。

　　只有花香和月光还来眷顾他。游子站起身，破碎的衣襟微微颤抖在泻地的清光里。他似乎看见了父母、亲朋——还是旧时的面容——愁容满面，银光一脸；想当年，他也曾醉眼迷离、意气风发地指点这天顶的银盘；还有隔壁的老太婆，无精打采地瞥一瞥从云里穿进又穿出的月亮，骂一句不知去了哪里的死老头子；树林里，总是有一对对情侣在月光中拥抱；还有，他学会说话以后没多久就能背的（虽然和念经差不多）：

床前明月光，疑是地上霜。举头望明月，低头思
故乡。

还有那个什么：

……玉兔，玉兔又早东升……

红红绿绿的衣衫扭着扭着，越来越细，终于溶化在月光
里面。

欢乐的那些充满希望的岁月！欢乐的村民们的歌声！欢
乐的被月光灌醉的汉子！

……

风起处，荒丘上，飒飒的衰草的涛声。

（原载 2018 年 4 月 2 日《新民晚报·夜光杯》）

本科毕业纪念册序言

　　天长地阔多歧路，匹马将驱岂容易？纵然是胸怀四海，别离二字最愁人。怕说时不敢垂泪，少不得推整罗衣……兰亭已矣，须要将往事一一存记。怎奈忙乱间，只写下一点一滴，何况辞不逮意。

　　柳丝系不住玉骢，疏林挂不住斜晖；琵琶马上催。待草草地更尽一杯，便要匆匆地西出阳关。我们徘徊了四年的校园，将要变成后来人留恋的驿站。从今后，一蓑烟雨，迷蒙了我们的双眼。过去的四年，将退缩成愈来愈远、愈来愈淡的一个光点。

　　但是总有一天，当此书蓦然重现在我们的眼前，在我们下意识地掀开封面的瞬间——

　　那逝去的时光，将得到它的尊严！

北斋主人识

2008 年 6 月 21 日于沪上北斋

　　（背景：复旦大学外文学院 2008 届本科毕业纪念册）

最好的地方

有人说："天下最好的地方是大学，大学最好的地方是图书馆。"

确实有理。一般而言，老老少少的读书人大多聚集在大学里，而读书人当中最厉害的都在图书馆——前辈们在书架上，后生们在书架下。何况，图书馆里没有点名的老师，没有掌握生杀大权的教务员、辅导员，想来任何人都没有被迫前往的道理。所以说，图书馆者，正可谓大学中之大学，乃一等一的好地方也。

身边的同学当中，有许多是成天往图书馆跑的，乃至一切活动都在阅览室进行。每次路上碰见，听得他们说"去图书馆"，我便肃然起敬，顿生见贤思齐之心。然而说来惭愧，大学本科四年，"贤"是见得不少了，阅览室却只去过三次。只记得每次"思齐"起来，进了阅览室的门，却一定是没有座位的；而且偌大一个阅览室，独独是我没有座位。遂觉自己是多余的人，自尊心很受伤，有点"冠盖满京华，斯人独憔悴"的意思。从此便非但不去，还要摆出一副不屑去的模样来。

我就对人说："我是习惯把书借出来细细读的。"于是常常跑去书库。然而每每刚进书库，便总是猛听得一声吆喝："代书牌用起来——！"或者是正找着书，忽闻雷霆乍惊，管理员大伯推了车过来，一面还是吆喝着："代书牌用起来——！"

除开这些，所谓"书库"者，正是一个名副其实的"库"，也就是储藏室。光线是昏暗的，为书库平添了几分神秘感。很多书不在书架上，一叠一叠堆在角落里，教人不禁遐想，不知那下面可藏着什么珍本。在书架上的书，大部分都和堆着的一样破旧不堪，正不知有多少读者翻阅过它们。不仅仅是翻阅，还画了许多线，一边或者还有许多随手写下的笔记。在昏暗的光线之下，歪歪扭扭的线跳着舞，好似远古陶器上的波浪纹；深深浅浅的笔迹难以辨识，像是损泐过度的摩崖题刻。

躲在它们间隙中的，则是智者们的文字。它们整整齐齐地码在泛黄的纸上，一点也不起眼，然而教人一读便神清气爽，再读则不知肉味。统一的分类法编号下面，也有"究天人之际，通古今之变，成一家之言"的旷世绝唱，也有"举世皆浊我独清，众人皆醉我独醒"的穷途遗书，更有许多震耳欲聋的名字，精彩绝伦的言论。它们低调地散落在书架的角角落落，或者因为磨灭了书名乃至编号，被错归到了不相干的地方，从此再也无法按图索骥，像极了"万人如海一身藏"的隐士。曾见一本失落了封面、又黄又脆的旧书，被随意地平放在排书的顶上，抽出翻看，但见"大巧若拙"等句，乃知是《道德经》。诚乎其"大巧若拙"也！

（背景：复旦大学外文学院 2008 届本科毕业感言）

2008 年 6 月于沪上北斋
（原载 2015 年 12 月 18 日《新民晚报·夜光杯》）

定州料敌塔

　　定州开元寺塔，宋辽对峙时位于边境，曾被用来观察敌情，亦名"料敌塔"。苏轼在定州任时，应曾登塔料敌。

　　料敌塔八角形，白墙灰檐。塔内文化遗迹众多：宋人画了壁画，题了字，浓抹淡妆，潇潇洒洒；明人又作画，又题字，恭恭敬敬；清人又题字，端端正正。现代人的"题字"则豪放得多：字体在楷行草隶篆之外，走向在横竖正倒斜之间，一扫封建味，绝对后现代，语言古色古香，内容千篇一律："某人到此一游。"此话的来历，至少要追溯到齐天大圣孙悟空。

　　料敌塔的脚下还有一座小塔，上刻一行大字："建设东亚新秩序纪念塔"，标准的楷书，字口如新。一行落款，凿损难辨。金石之躯，居然寿不如人：不过八年，碎尸三段，委骨穷尘。

　　登塔四望，定州这座普通的小城，丝毫没有边境的气氛。所料之敌安在？三截倒毙之躯。想当年鬼子在定州大唱"凯歌"，为"皇军"树碑立传之际，竟不知这种可笑的东西只配衬托出千年料敌塔的伟岸么！

　　（背景：2009年3月20日，河北定州）

　　　　　　　　　（原载2015年3月11日《新民晚报·夜光杯》）

欲加之罪

记得有一则寓言是这样讲的：

狼到河边喝水，看见了小羊，想把它吃了，便指责小羊弄浑了水。小羊说，那不可能，我在下游，你在上游。于是狼说，那一定是你去年干的。小羊说去年自己还没有出生呢。狼说，管你出生没出生，反正是你干的，于是把小羊吃掉了。

读完这则故事，我们莫不感慨于狼的邪恶本性，做坏事还要穷找理由，所谓欲加之罪，何患无辞！而人间，也正有像那狼一样邪恶的存在！

然而近日做了个梦，却教我有了新的感慨。

我梦见自己乘了火车，到内蒙古访亲戚。火车停在一个小山村。那是在草原边缘的山坡上，不新不旧的房子三三两两地从灌木丛中露出轮廓。

才下火车，就发现一条狼向我跑来。我大为惊骇，便在一根水泥管里藏了身。可是狼终究发现了我。

我是怎样出来的已不记得。当时满以为它要拿我果腹，然而它却用中国话说道（那嗓音很是沧桑）：

"你放心，我来找你，不是为吃你，而是为着招待你，告诉你我们非但不吃人，还很慷慨。"

它的身旁还有一只小黄狗，脑袋又大又圆，是狼最好的朋友。我们便去到狼家，受到热情款待。席间，狼忧伤地说道：

"这里的人都喜欢吃我们，把我们做成所谓的'狼排'去招待宾客。我曾听见他们说，如果'善良的'他们不吃掉我们，便会被'罪恶的'我们吃掉。可是你看，我并没有吃你。事实上，我们从来没有吃过人，却总是被人骂，被人吃……"

我依稀记得那是个油灯昏黄的所在（也许是个地洞），小黄狗举着酒杯劝酒，大灰狼只是诉苦，中间是满桌丰盛的菜肴，还有一个无言以对的我……

狼说的未必是实话。就那桌宴席，恐怕也是从人间"偷"去的吧……可是，就算狼不吃人，人不也总要有穿狼皮大衣的理由么？

人是理性的动物。

2009 年 6 月 22 日前

贝桑松中秋月

晦涩沉重的屋墙
夹着薄暮的古街上升
蜿蜒无尽却忽到尽头
劈面是沃邦的高城

城根的小径起伏
在野草葱茏的山丘
迤逦随高城暗转
变换了天地与人间

谁料想漫天红遍
染尽了近树远山
山环水带的古城
如满面红光的醉汉

醉汉已无言入梦
游子在山坡上盘桓
看一轮娇羞的明月

正悄然浮上云端

问你这中秋的孤月
因何错来此异乡
雨果的后人在沉睡
谁稀罕你的清辉

谁赞美你的温柔
谁为你泛起乡愁
沉醉的古城无动于衷
唯余这游子悄然垂首

（背景：2009 年 10 月 3 日中秋，法国贝桑松）

2009 年 10 月 5 日于斯特拉斯堡

童话与故居

自打有童话起，一代代的西洋孩子就听外婆讲着相同的故事；自打某个时候起，中国孩子也一遍遍地听爷爷讲相同的故事。西洋孩子和中国孩子一样地热衷于那些神奇的故事，崇拜其中神灵般的偶像。

所不同的是，西洋童话讲西洋的神，中国"童话"讲西洋的人。然而人与神之间究竟有何不同呢？当然，神是"假"的，人是"真"的。可是所谓的"真"与"假"，究竟有无区别？我曾经不怀疑，如今却怀疑了。

因为，仅仅几天前，当我来在博物馆中，来在居里夫妇用过的实验仪器跟前，忽然感到一种复杂而奇特的感觉——也许，当一个西洋人早已不再迷恋少时百听不厌的仙女故事，却无意中见到了灰姑娘穿过的裙子，那种感受，应与我彼时的感觉差相仿佛吧？彼时彼刻，我顿悟：居里夫人"居然"是"真"的！我顿悟：我此前从没有把她当成"真"人！

这不是我第一次有这种感觉了。每到一个城市，我就去寻访我儿时偶像们的足迹。然而，那些大名鼎鼎的艺术家住在普通房子里，那些聪明绝顶的科学家住在寻常巷陌中，连那革命导师马克思的宅第，也只是一排相似民房中间很不起眼的一幢……

可是不，由于种种原因，它们中的一些仍然散发着童话般的清香。诸位请看——

哲学家、思想家、革命家……马克思的故居。白墙灰瓦，四方方一个天井，回廊里一盆盆红艳艳的花，内部修葺一新。特里尔人没有忘记他一生的功绩，长长的陈列，从他的出生一直讲到新中国成立。他像仙女一样改写了人类的历史，改变了多少人的思想和命运……且慢，他难道只是一个人吗？

天文学家开普勒的故居。开先生的英雄事迹曾荣列新中国的中学政治、物理教科书。那是栋矩形的旧式楼房，屋顶截面为等腰直角三角形，通体绛黄。目前已升级为开普勒博物馆，于是遭到了周一关门的命运。我除了在他的屋檐下避避雨，可叹与这位真理的卫士没有别的缘分。我见过他的画像，记得那两束炯炯的、洞察天穹的目光。高傲的英雄啊！

科学家巴斯德的老宅。老屋墙面上高高下下地垂满了藤萝。巴先生在此居住时间不长，却为这个小镇增色不少。小镇以葡萄酒闻名：这里的气候本来适宜栽种葡萄，何况还有巴先生的指点！据说此老生前平易近人，常与乡民同乐。而今他的家门很少向客人敞开了，我虽想与他同乐，也竟未能如愿。据说内中有他的实验室。神秘的老人啊！

画家丢勒的老宅。老宅除了外观以外，保持原貌的仅存他那个简陋的厨房，以及当年违法搭建的厕所。那些优雅的客厅、卧室无不秩序井然，是他身后的崇拜者们在想象中布置的。丢勒去世后葬在纽伦堡市的一处普通公墓里，其石棺不比普通的豪富之家大，唯独上面多了一束花，是纽伦堡市政府献的，使人很远就能辨出他的坟冢。

天才莫扎特的家。当年令人不堪其苦的贫困家庭，如今成了真正的豪宅。房东的家具和莫扎特的钢琴陈列在一起，供访客怀念逝去的天才。莫扎特的两束金发被精心保存在匣子里；他生前喜爱的皮夹、戒指、扣子……这些都俨然成了圣物。然而不过都是些普通的物件罢了，尤其是钢琴，外观如此简陋。想来莫扎特若是活着，街上碰到了，像普通奥地利人那样，也许好奇于我这个外国人，打个招呼，凭我的肉眼凡胎，大概也决然看不出这是个天才，决然想不到他会名垂青史的。

然而忽然他的音乐响起——这个穷困的年轻人顿时羽化而登仙。我一直弄不明白，他到底是神仙，还是凡人？是神仙，何以喜爱着尘俗的物件？是凡人，又何以在如斯陋室里奏出不朽？

文人雨果的家。文人而已。没有显眼的招牌，访客也无从进入。只是一个玻璃的门面，一个沉思的老人的剪影，掩映着对面贝桑松老城的旧屋。还有他的几行话：

终有一天，你们法兰西，你们俄罗斯，你们英吉利，你们日耳曼，你们所有欧洲的民族，在保有你们各异的美德和光辉的个性的前提下，你们紧紧凝聚成一个更高级的统一体，博爱精神将洒遍欧洲，纯然如诺曼底、布列塔尼、勃艮第、洛林、阿尔萨斯，所有这些省份凝聚成了法兰西。

终有一天，再也没有别的战场，只有自由贸易的市集和海纳百川的胸襟。

他不过是我们身边的一个老头罢了，绝对不是童话！……我敢肯定历史学家们犯了一个天大的错误：难道他可能一百二十四年前就去世了吗？没有两次世界大战的惨痛教训，谁会懂得如此反思？

（背景：2009年10月2—3日，法国贝桑松、阿尔布瓦；2009年10月24日，德国特里尔；2009年10月31日—11月8日，德国纽伦堡、雷根斯堡、慕尼黑，奥地利萨尔茨堡）

2009年12月27日于斯特拉斯堡

我·老实人·里斯本

　　我到了里斯本，在旅馆里安顿下来。我喝了几口波尔图葡萄酒，滋味不错。我坐上床，翻开书。

　　老实人（伏尔泰同名小说中的人物）跟着乃师老学究也来到这座城市。发生了大地震，遇难者不计其数。路边的棚子里，一个难民厌倦了老学究那套理论，给他灌了一口波尔图葡萄酒，那滋味自然和我嘴里的一样。我隔壁的厨房里还有几个人在喝着呢。

　　科英布拉大学的教授们懂得预防地震的秘法：杀几个人祭天。于是老学究死于非命。我前天刚去过他们的图书馆，果然神秘：到处闪着幽幽的金光，灯很暗，还不许照相。如今我恍然，一定是防备人们找着那套秘籍，泄露了天机。然而他们又何尝看破了天机？才杀了人，当晚又是一场地震！怪不得我所见的里斯本并不那么"显老"，原来是老城遭遇灭顶之灾，原来都怪科英布拉大学教授的馊主意。

　　——根据联合国教科文组织的说法，1755年里斯本大地震之后，埃武拉便成了葡萄牙唯一保存完好的中世纪城市。看看埃武拉，也许就能想见里斯本的过去。

　　我以为老实人还要在里斯本陪我住上一阵子。谁想他杀了人闯了祸，趁着月黑风高弃我于不顾，独自落荒而逃。我合上书，关了灯。我没有闯祸。我还要在这里多住两夜。然而又是独自一个人了。

　　然后我会去波尔图，住到那个科英布拉大学学生开的名叫"天机"的旅馆里去。

（背景：2010年1月5—13日，葡萄牙）

2010年1月24日于斯特拉斯堡
（原载2015年10月21日《新民晚报·夜光杯》）

莱茵河畔的除夕

夜已深。雪纷纷扬扬地飘落，莱茵河对面灯火朦胧。我在雪白的河岸上走了许久，终于来到城堡跟前。青年旅舍应该就在附近。

通往旅舍的路却被堵上了。

我失望，徘徊。忽见街角处一家小旅馆，不起眼的传统房子。底楼是个酒吧，依稀可见二人对饮。

于是推门，问价，开房。一间单人间，一夜。

粗重的钥匙。极厚的房门。房门一开，如入桃源，仿佛梦中：红枕、红被、红床单、红墙纸……

对，还有我身上的红外套。

哦！今天是除夕了。睡一觉起来，就是虎年——我的本命年了。

（背景：2010年2月13日，德国科布伦茨）

2010年2月21日于斯特拉斯堡

一个私家侦探的魏玛手记

一间宽敞明亮的书房，时不时有闲人闯入，好奇地东张西望。他们说，书房的主人已经不在人世了。很有可能。不过据我判断，应该刚去世不久。看看这张书桌，羽毛笔、稿纸、钟、地球仪、剪刀、烛台……甚至连烧剩的蜡烛都在！（如果允许我触摸，我敢保证它还是热的！）对，书架上的书的确很破旧了，但这可能是因为主人勤于翻阅。鹅毛笔当然也很过时，但世上恋旧的老古董还少吗？说到底，没有任何证据可以证明主人去世已久。

甚至，我忍不住要作出一个大胆的猜想……谁知道呢？也许他还活着。让我们来看看这间书房。你不得不承认，什么都在——只少了主人。换句话说，如果他现在从门口出现，坐到书桌前，继续写他的东西……有什么不合常理的吗？倒是他们，那些听信主人已死的传闻的闲人，未得许可便出现在这里，喧宾夺主……哼，没有比他们更荒唐的人了！

或许，在这些闲人中间，有人对书房主人的身份和行踪略知一二？

其中一个对我说，主人复姓席勒，会做诗，还会编戏，又是个有声望有地位的人物。另一个对我说，此人有个绝好的朋友，复姓歌德，是国家高官，也会做诗。还有人说，他们睡在城南的墓地里，离此地不远。

我决定到那里去侦查一下。

问了几个人，开了几道门，就是这个地下室了。一排排大大小小的床，上头加了盖子，人们通常把这叫作棺材。看看这些床，的确是给死人睡的：又大又结实——从此再也不用换了；刻上了极繁复的花纹——有钱人，平生最后一张床，自然要漂亮一点；最重要的是，写上了生卒年月，一大堆的头衔和称号，还有生平事迹——结束了，该总结一下了。这些床，显然是给死人睡的。

可是且慢，门口那两张床，我怎么看都不对劲，这里头肯定有问题。一张写着"歌德"，一张写着"席勒"——就是书房的主人了！怎么没有任何装饰？穷人可能装饰不起，可他们又不穷，有声望有地位，国家高官，却为何不写任何头衔或称号？甚至没有生卒年！这很诡异，除非……啊！我不得不怀疑，他们根本没有死，他们还活着！而且，还只有姓，没有名，不是很奇怪吗？哎呀，有了，这让你想起什么？好比你有个睡袋，搁在帐篷里，你怕人错拿走了，在睡袋上写上你的姓：赵，钱，孙，李……而这里，歌德，席勒！

这显然不是给死人睡的床。他们活着，也许在里面睡上几个钟头，就会跑出来，到附近的树林子里散散步，到酒吧去喝上几杯，或者，干脆回到自己的书房坐一坐。而这，也就是为什么我白天见到的那个书房如此井井有条的原因。

　　一切都说得通。很好。而且我未曾听闻这个席勒与任何人闹矛盾：据他的门卫们说，光顾他书房的闲人们未曾觉出他的存在，而同穴共卧的贵族们也不曾被他的脚步声吵醒。想来他看破红尘，追求清风明月去了。说真的，我不太能理解这些怪人的追求……不过，这已经不是一个私家侦探管得着的事了。

　　（背景：2010 年 2 月 27—28 日，德国魏玛）

2010 年 3 月 2 日于斯特拉斯堡

2011 年 9 月 20 日改定于沪上北斋

（原载 2017 年 3 月 11 日《新民晚报·夜光杯》）

法兰克福车站的元宵

事实证明，每次过中国节，德国都会给我一个大大的惊喜。

上一次是春节。除夕青年旅舍门口封路。年初一晚上，从美因茨到曼海姆的火车不多不少晚点了二十四分钟，而从曼海姆去卡尔斯鲁厄的火车却准点发车，在我的火车到达曼海姆前三分钟刚刚开走——德国人就是这么守时的！等我辗转回到斯特拉斯堡的宿舍时，已经是年初二了。

这一次是元宵。我下午 4 点 3 刻在爱森纳赫上了本应 2 点 3 刻出发去法兰克福的火车，只见德国人在车厢里排起了长龙，不免吃了一惊。一打听，才知法兰克福无端刮起暴风雪来，机场和火车站全部关闭，这班火车离出发遥遥无期，餐车在供应免费晚餐。

6 点多钟，火车终于开动了，看似南辕北辙，实则声东击西——绕道卡塞尔，向富尔达进发（当时法兰克福尚未开站）。边前进边观望，走走停停无数次。10 点 1 刻，列车终于停靠法兰克福站。但是，当晚的火车班次一律取消，须等到第二天凌晨才会有车。又走不成了！

说是元宵，但黑云蔽天，自是无月可赏。想想昨晚在魏玛还是银盘高悬。忽忆数月前贝桑松老城上初升的中秋月，在漫天残霞里，仿佛羞红了脸。再就是尼姆角斗场边的树梢上，一轮孤月伴着深夜对饮的友人。当然还有复旦燕园里的明月，当我坐在假山石上时，会拨开桐叶来照我。

车站里的店铺接二连三地打烊了。站台上人越来越少。我想找个避风的处所，偶然发现一个候车室隐约开着，推门进去，大吃一惊，原来滞留车站的德国人"全伙在此"！上百个方方的小红沙发。旅客黑压压一大片。大多是在睡觉：有仰天打鼾的，有蜷成一团的，有头在沙发上脚在茶几上的，有头在地上脚在沙发上的，有把两个沙发合拢来弓着身子钻在里头作寄居蟹状的，而整个儿横在地上的也不在少数。睡不着的人多在喝茶，茶是免费的，所以大家都爱喝。有端坐如坐禅的，是在发呆。有歪着头朝向电视的，或垂着头对着报纸的，就表情来看，恐怕正不知所云。整个候车室犹如一大群人在搞行为艺术，其整体性，连贯性，主旨之鲜明，变幻之无穷，着实让人叹为观止。

我毫不迟疑地加入了这场行为艺术秀。

然而睡了不久便醒了，因为姿势太别扭。我企图说服自己，这是个很舒服的姿势，但终告徒劳。又不时听到放开水的声音，知道别人在喝茶，于是也想喝。喝了，闻了香气，愈加难以入睡。耳畔不时传来广播声，某班火车进站了，某班火车误点了。而一拨又一拨睡眼惺忪的人，拖着沉重的行李和脑袋，从候车室里消失了……

我坐的那班火车照例又误点，懒洋洋地驶出了法兰克福站。

太阳从车窗里升起来。元宵过去了。

（背景：2010 年 2 月 14 日，德国曼海姆；2010 年 2 月 28 日—3 月 1 日，德国爱森纳赫、法兰克福）

2010 年 3 月 6 日于斯特拉斯堡
2011 年 9 月 20 日改定于沪上北斋
（原载 2017 年 2 月 11 日《新民晚报·夜光杯》）

冬日的微笑

冬日的微笑
是吹皱湖水的清风
一汪白日
唤醒几棵小草
去年春天的一角

那时没有微波
满树玉兰颤颤
还有黄杨的新芽
星星点点
含苞如倩影婵娟

彼时的景致
而今我向谁说
夜复一夜
去年的阳光
难道还没有沉没

小草正摇曳

莫非想听我诉说

可我又如何记得

倾盖交欢

纷然如飞花的细琐

冬日的微笑

我何必多言

你只是如此宽容

默默地引我追寻

花荫深处

往日的馥郁

往日的遗踪

（背景：2010 年 3 月 12 日，瑞士穆尔滕）

春之歌

　　你是我的幸运星，此为自然界和人世所共知——当一切看着我们相拥。命运驱使我追随你的脚步，我活着只是为了在你身边，呼吸，感受生活。

　　献给你，我在路边所见的全部的鲜花；献给你，这世上每一个甘美的清晨；为着你，落下了冬天的第一滴雨；为着你，绽放了鲜红的玫瑰。

　　这是一首希腊情歌，学唱的时候，似乎是2月中旬的样子，欧洲除了地中海沿岸外，还都是白茫茫的一片。大家等春天已经等得不耐烦了，照例又把法国抱怨了一番。"我们就假装春天已经来了，庆祝一下吧！"希腊老师如是说。于是希腊语班的同学为了敦促春天到来，第一次聚饮，那啤酒似乎就叫"春天"。"全部的鲜花……甘美的清晨……冬天的第一滴雨……鲜红的玫瑰……"歌手一声高似一声，似乎也在呼唤春天。

　　当我终于能完整地唱出这首歌的时候，正在德国旅行，惊喜地发现原野上已经渗出久违的嫩绿。那大约是2月末3

月初的时候。

后来脑海中每每回响起这支旋律的时候，总是仿佛听见春天的幕布哗地被拉开，树叶和青草的气息扑面而来，我一步高似一步地踩着一冬的枯叶登上山岗，前面有我不知道的风景在等我……

春去夏又来。一天，我对希腊老师说，我很喜欢这首歌，因为唱着它的时候，感觉真的像有个情人一样。

（背景：2010 年春夏，法国斯特拉斯堡；2010 年 2 月 27—28 日，德国魏玛、爱森纳赫）

2010 年 10 月 15 日于博洛尼亚
（原载 2018 年 3 月 5 日《新民晚报·夜光杯》）

深夜的电车

　　深夜的城市如一座神秘的森林。刺目的灯箱广告包裹着空洞，好似镶金镀银的棺椁。

　　在如此的森林里，两道弯弯的细线，时而被匆匆的车灯划出一道银光，忽而又熄灭在黑暗之中。

　　有时，一辆晶莹剔透的电车缓缓溜过，两三乘客，或迷惘地凝视窗外，或偏安一隅，埋头读报，毫不理会外面的一切。

　　或者，车内空无一人，只有悬在横梁上的把手，当电车转弯时，便微微摇曳，如同风中的枯叶。

　　在斯特拉斯堡留学的时候，每每贪夜独归，电车这条亮闪闪的金鱼，就像被仙女的魔棒一指，从黏稠的深潭之底将我驮回熟悉的房门。耳畔时而传来报站的声音，窗外车站的电子屏一角总有一个橙红的四位数，中间用冒号隔开——那是钟点。在漆黑的城市森林里，这些时间和地点与我何干？只是一种节奏，就像电车自己发出的有规律的噪音：吱呀——咯噔——吱呀——咯噔……

　　然而有一次，我在城中和同学会饮，不觉已错过了末班车，只得步行回宿舍。为免迷路，我沿着铁轨前行。路灯映照下的铁轨泛着银光，我仿佛跟着一个长长的箭头。一站又一站，每当我路过熟悉的站牌和电子屏，便在心里读一遍车站的名称和钟点：狼死脱－大马路（Langstross Grand'rue），00：39；五角场・交易所（Étoile-Bourse），00：42；五角场・靶场（Étoile-Polygone），00：46；让・饶勒斯（Jean Jaurès），00：50……当我迈步在坚硬而清冷的水泥地上，这便织成了我的时刻表。

（背景：2009 年 9 月—2010 年 6 月，法国斯特拉斯堡）

2017 年 6 月 28 日改定于布加勒斯特

查票员来啦

夜色阑珊。斯特拉斯堡的 D 线路面电车缓缓行进。连我在内，车厢里大约有七八个乘客，分散坐着，不交一言。入夜的小城也是一片寂然。耳边除了日日如此的报站声，别无声响。

电车停在了狼死脱-大马路站（Langstross Grand'rue）。车门一开，猛蹿上来一女青年，头发蓬乱，神情紧张，气喘吁吁，往车厢中间一站，大声宣布：

"大家听我说！查票员马上要来这辆车了！真的，可靠消息，我保证！刚才我在 C 线电车上，谁知道查票员忽然从后门上来，我赶紧从前门下车，幸亏我跑得快……好险！差点儿没给逮住！他们马上要来这辆车了，大家注意啦！"

乘客们立马紧张起来。

一中年男子说："哎呀，我们得想个办法。"

一老太说："我们来算算……"

报信的女青年说："是这样……他们刚才在铁人站（Homme de Fer），现在在 C 线电车上……就在我们前面……我们这么算吧……"

老太扳着指头："一站……两站……"

一老头边算边说："他们在那辆车上，也得一个个查过来，需要时间。"

老太问女青年："那车多少人？"

女青年环顾一下："比我们车略多些。"

电车停在了救济院大门站（Porte de l'Hôpital）。

中年男子沉吟着："唔……这站应该还没事，大家别慌。"

老头："大概下站，不，下下站，差不多要来了……"

老太："对对，下下站。我们下站得跑。"

说话间，电车停在了五角场·交易所站（Étoile-Bourse）。

一靠窗的男青年用手一指："看！他们在那儿！"

大家一齐向窗外望去。四个虎背熊腰的查票员，人手一个验票机，并排坐在对面站台的长凳上，深色的制服，严肃的表情，在夜色的衬托下尤显阴沉。

女青年激动起来："我没骗你们吧！刚才就是他们！"

老头："真的……真的……"

男青年："倒霉！"

老太："那我们下站走……"

忽然，一个从未发过话的大胡子，见大家神色慌张，害怕地问："什么？什么？"很蹩脚的法语，显然是外国人。

老太很热心地用英语解释起来："先生，您买票了吗？查票员马上要来了！"

大胡子："怎……怎么办？"

女青年（英语）："下一站就下去，得赶快！然后等下一班车。您明白吗？等下一班车。"

老太（英语）："不用担心，他们既然在这儿，至少要下一站，或者再下一站，才能上来。不过我们最好尽快下车，小心为妙。可是您不用担心，先生。"

大胡子表示非常感激。

电车停在了五角场·靶场站（Étoile-Polygone）。老太不忘招呼大胡子（英语）："我们下去吧，先生，等下一班车。这样比较安全。"

车门打开，绝大多数乘客下了车。

我一直乘到终点。

查票员并没有出现。

（背景：2009 年 9 月—2010 年 6 月，法国斯特拉斯堡）

2012 年 1 月 28 日改定于沪上北斋

阿尔萨斯猫狗图

　　到斯特拉斯堡之前，我几乎没见过真正的天主教堂。到了那里，每每在城中行走，见一个教堂，便觉新奇之至。于是细细打量，慢慢欣赏，讶异于奇特的造型，感叹于苍古的色彩，徘徊良久，不忍离去。

　　圣母大教堂却是一个例外。它就像蛋糕上的一支蜡烛，孑然插在老城的中央。那高耸的尖顶，从全城都能望见，就此失去了神秘感。我在这座城市待了许久，才想到去瞻仰一下它的全身。

　　圣母大教堂被老城的房屋簇拥着，要走到跟前才看得见全身。我永远忘不了那一刻——当它蓦然出现在我眼前时，我晕得几乎跌倒。大教堂的正面，正如一挂六十多米高、四十多米宽的粉红色瀑布，在阳光下熠熠闪烁，一大堆繁复到无以复加的雕饰，似乎正排山倒海般倾泻下来。

　　记得翻阅过一阿尔萨斯连环画家的作品，大意是说，一只猫（象征法国人）和一条狗（象征德国人）原是亲戚，却反目成仇，先是暗地较劲，随之大打出手。最后一幅图，猫狗相拥，罢战言和，淡淡的远景中，兀立起斯特拉斯堡圣母大教堂标志性的尖顶。曾不无感动地听土生土长的法国教授说，斯特拉斯堡是宽容之城，阿尔萨斯是法德和解的象征。首先，因为阿尔萨斯文化正是法德文化完美融合的典范。何况，只要两国一交兵，最倒霉的总是中间地带——阿尔萨斯。这一切，这个五百多年来俯临莱茵河谷的庞然大物，已经看得一清二楚，何劳我再加赘述呢？

（背景：2009 年 9 月—2010 年 6 月，法国斯特拉斯堡）

2012 年 1 月 15 日改定于沪上北斋

马其诺防线

　　然而，阿尔萨斯还有一座丝毫不逊色于圣母大教堂的巨型建筑。大教堂为万众瞻仰，这一座却冷冷清清，乏人问津；大教堂傲然直指九天之外，这一座却默然深藏九地之下。这，便是名扬四海的马其诺防线。

　　马其诺防线隐伏在法德边境的树林之中，附近既没有公共交通，也没有什么指路牌。非到跟前无以获知它的存在，让人以为不过是个传说而已。这是一个矜持地躺在历史书上的名字。它不愿让人们见到它的真身吗？

　　我从斯特拉斯堡坐火车北上，一小时后在温斯帕克下车。那是阿尔萨斯春雪后的旷野，大块的黄土从雪中露出棱角，在阳光的照耀下，如同镶嵌在白布衫上的琥珀。沿着蜿蜒的田间公路前行，穿过静谧的温斯帕克小村，越过一片田野，钻进树林，又绕了几道弯，方才见到其貌不扬的修能堡——马其诺防线上最大的要塞之一。从地面上看，不过是个普通的碉堡；一旦进入三十公尺深的地下，真如神仙故事中的那样——别有洞天了。

　　首先到达的是生活区，兵营、厨房、食堂、混堂、医务室、药房、兵工厂……应有尽有，七弯八绕的通风管道纵横交错，像打了一个个巨大的结。

生活区的尽头是大约两公里长的地道，通向要塞的另一头——作战区。墙壁上布满电话线。地道中轨道和人行道并行，轨道上可容长长的铁板车往来，运去弹药，运回伤员。

地道末端是指挥官们的宿舍和整个作战装置：弹药从兵工厂运来，按实际需要入库或者由轨道、电梯、传送管道等装置送至三十公尺上方的地面碉堡。由地下通往地面的阶梯设有沉重的阀门，由阀门上方的士兵控制。

还有诸多精巧的通信设备、通风设备等等，其设计之完美令人叹服，其工程之浩大绝不下于大教堂。

只是德军没有来。

确切地说，是一开始没有来，或者说，没有从正面来。1940年初，德军是从已经占领的法国本土"反攻"马其诺防线的。修能堡在狂轰滥炸之下固守了三个月，岿然不动，法军除一次劣质大炮走火事故以外，几无损失。倒是法国政府率先扛不住了，下令全军停止抵抗。马其诺防线整个儿成了法国政府的笑柄。

其实马其诺防线的意义多多。今天还有哪座二战时的要塞能保存得比马其诺防线更完好？——似乎它一开始就是为了给人参观而兴建的。再说，还有哪一座二战时期的军事要塞能比这一座更少地害人性命，更有利于法德的友好，更符合阿尔萨斯这片宽容之地的本色？然而法国政府至今耻谈其事，拒绝拨款维修，保护它的是民间组织。斯特拉斯堡大学多次组织参观，俾使外国学生了解本大区的光荣历史，马其诺防线不在其列。倒是偶见几拨德国游客在那里饶有兴致地指指点点，流连忘返，对这座未曾伤人的精巧堡垒赞不绝口。

（背景：2010 年 3 月 7 日，法国温斯帕克）

2012 年 1 月 15 日改定于沪上北斋

色当要塞

天下竟有这样自相矛盾的事物：其声名远播，至于全世界学过历史的人都知道；其遁影藏形，至于近在咫尺你都浑然不觉。这类事物，在法国至少有两例，一个是马其诺防线，另一个是色当要塞。

色当要塞的那一幕，想来不用我多言了。小拿破仑学步于乃叔，对部下将帅一通儿戏般地指手画脚，以劳待逸。敌军一至，自己先做了全军的累赘，使大军进退两难，不得已遁入色当要塞。不久弹尽粮绝，外无援兵，皇帝亲自弃守降敌。这一来，我所在的阿尔萨斯即刻划归德国，巴黎公社的社员们不久将血染街衢。法兰西帝国一去不返，第三共和国由此发端。

我正是为此来到色当要塞。色当小镇以黄石砌屋，风格独特，情调优雅，却是阒无游人，偶见小酒吧老板在门口无聊地等待来客。色当要塞在镇北，在法国为数甚多的要塞、城堡之中，也分明算得上是个庞然大物。然而无论是要塞的介绍手册上，还是说明牌上，却怎么也找不到有关此事的解说，尽是色当要塞 13、14、15、16……世纪的光辉年代。我简直怀疑另有一个色当了。可是且慢，我终于在展览结束处看到了一幅极小的战场部署图，顶上有一段很不醒目的小字，简单地介绍了当时的战局，最后说："此次战斗的失利导致拿破仑三世被俘。"

说得真够婉转。如果是我，一定要写"法兰西皇帝身先士卒降敌"，否则，岂不是辜负了这座法国境内级别最高的中世纪要塞，无视它保护过一代名君的功绩？皇帝投降，岂能委罪于它？

天色渐暗，这座沉重的庞然大物仿佛磕磕绊绊地沉入历史的忘津，但不知它是否也曾迎来几拨德国友人，如另一座要塞那样？

（背景：2009 年 10 月 10 日，法国色当）

2010 年 3 月 9 日于斯特拉斯堡

吊古战场文

青山依旧在

这里的青山，没有半点稀奇，只少了几缕炊烟。

树林里，一条蜿蜒的小径通向一丛荒草，路边一块木制的小牌，上写"圣皮埃尔路"。我不解：为何这条不起眼的野径竟还有个名字？

我漫无目的地沿路前行，又见一条同样普通的岔道，也有个名字："圣约翰路"。

我狐疑，改由岔道而行，左右复见岔道数股，各有小牌标示路名。忽然，两旁又多了些排列整齐的小石桩，刻着：

"咖啡馆—杂货店""皮匠铺""葡萄园"……

我若有所悟。劈头撞见一块小小的纪念碑，上刻：

"此地曾是杜沃山前之弗勒里村，毁于 1916 年。"下刻该村地图一幅。

我四顾，震惊：一个被炸得片瓦不留的村庄，竟能有如此的尊严！

而我脚下——小径的两旁，那杂树乱生的土地，如此高低不平，坑坑洼洼……我终于明白了——都是毁灭了这个村庄的炮火留下的瘢痕，如今却披上了青葱的外袍，被野花装点得一派生机。

几度夕阳红

走出阴森潮湿的坑道，惨不忍睹的杜沃山碉堡前，日已西斜。我步行回城。一路是无尽的弹坑、战壕、哨所、坟茔……

我不禁哼起了一首希腊歌曲《君子于役》：

> 想你正在前线，在一条战壕里……

弹坑、战壕、哨所、坟茔……

拐了几个弯，但见一片广袤的坟场。想当年，这里应是炮火连天的前线，千千万万的人在此疯狂厮杀，必欲置对方于死地而后快。而战壕之中，战火之余，死生之际的日日夜夜，必定也有惊惶，也有慷慨，也有消遣，也有相思……惊惶的留下了遗书，慷慨的留下了英雄事迹，消遣的留下了精美的艺术品，相思的留下了无可埋葬的忧伤。

> 我也正在前线，寄身于家书一纸，
> 深藏你的军衣袋底，甜蜜地受着熬煎；
> 而你也身在家中，到处是你的踪迹，
> 到处是你的眼神——那残霞般的伤痕。
> ……

而今却只是一片死寂，唯余无数个十字架在夕阳下，向远山的怀抱里沉没。

暮色中，路过贝当元帅的雕像，马其诺部长的纪念碑。我忽然觉得，他们其实并不可笑。

我终于来到凡尔登高地的边缘，下面零星的灯火便是萧瑟的凡尔登城。山坡上，一片金黄的油菜花田。天边，最后一抹血色的残霞。

　　到处是你的眼神——那残霞般的伤痕……

　　残霞般的伤痕……

　　伤痕……

（背景：2010 年 5 月 15 日，法国凡尔登）

2011 年 6 月 15 日前

（原载 2014 年 7 月 28 日《新民晚报·夜光杯》，附记："谨以此文纪念 1914 年 7 月 28 日一战爆发一百周年。"）

君子于役（"Βροχή και σήμερα"）
——一首希腊"闺怨"歌

［希腊］列夫特里斯·巴巴佐布洛斯（Λευτέρης
Παπαδόπουλος，1935— ）作词，亚尼斯·斯巴诺斯（Γιάννης
Σπανός，1934—2019）作曲，邵南译

窗外正下着雨，雨打着我的屋檐，
雨打着我的门扉，无休无止的雨啊。
想你正在前线，在一条战壕里，
死亡围困着你，无休无止的雨啊。

我也正在前线，寄身于家书一纸，
深藏你的军衣袋底，甜蜜地受着熬煎；
而你也身在家中，到处是你的踪迹，
到处是你的眼神——那残霞般的伤痕。

窗外正下着雨，不见一封书信，
不闻半点音讯，在那乌黑的天边。

保重啊我的长风，保重啊我的晚宴，

保重啊我的夫君，小心那炮火连天！

2012 年 5 月 20 日改定于沪上北斋

（原载 2016 年 5 月 8 日《新民晚报·夜光杯》，附记："谨以此译作纪念 5 月 8 日欧洲二战胜利日。"）

伊尔河会饮篇

在斯特拉斯堡的时候，每当希腊语课结束，我们师徒七人——希腊老师 I、波多黎各人 M、苏丹人 K、伊朗人 H、俄罗斯人 G、西班牙人 B 以及敝人 N——便会去咖啡馆喝上一杯，聊聊天。那天却又不同寻常，既然适逢希腊老师的生日，便更得"隆重"些。商量下来，我们决定去伊尔河岸边船上的那一家小酒吧。K 绕道去 A 教授办公室交一篇作业，H 有少许公事，要晚些才与我们会合。我们五人便先到酒吧，占了一张桌子，各自点了一杯啤酒。小舟随伊尔河的水波轻荡，对岸柳树婀娜，掩映着五彩的德国式或者阿尔萨斯式的建筑。酒吧内生意兴隆，侍者忙忙碌碌，笑容可掬。

（此次会饮的主要工作语言为法语，用其他语言者分别注明。）

M 除了做生意以外，法国人可真够冷淡的。（I 连忙打了个"嘘"的手势，但 M 依然故我。）看看 P 教授吧，让他来讲解 P. 高乃依的东西真是绝配。他说了，高乃依是律师出身，所以他笔下的每个人物都非常雄辩，可是那种雄辩……正如 P 教授本人，很无趣！

N 每个人都是律师，这不是好事，而是真正的 "monotone"（"单–调"，希腊词源的法语词，法语中多用作 "乏味" 之义）。

M 他起先讲埃斯库罗斯、莎士比亚都是那么随随便便："你们自己发表观点吧。"讲到这一位，真是何等崇敬，非亲自讲解不可，而且一句句阐释过来，发挥，引申，感叹："古罗马多么伟大，多么伟大……高乃依笔下的才是真正的罗马啊……"

G 他就喜欢那两句（夸张地学 P 教授的腔调，摇头晃脑作朗诵状）："只有罗马人才拥有美德，你们蛮族人休想学会。"还说："这两句真是太妙了，你们要好好品味，或者背出来更好……"

B 他总是铁板着脸，忙忙碌碌，却心不在焉。问他的问题，他极认真地记下，说："下节课一定要讲，一定要讲。"但过后从来不记得讲。我们班上有一对巴西来的夫妻，教授总以为他们是意大利人，每逢文章中出现意大利词，就问他们："我这样解释对吗？"起先他们争辩说："我们是巴西人，讲葡萄牙语。"后来就干脆敷衍道："是，是……"

N 有一回我读一篇文学评论，碰到三个不懂的典故，就去问他。第一个，他很快地回答了，并得意地说："您问我真是问对人了，可怜现在世风日下，学界无知，一般搞文学的教授都未必懂得这个典故。"我大喜，便问第二个。他一看，忽然脸色大变，喘着急气说："这个很复杂，我现在很忙，说不清楚，您跟我去办公室吧。"我跟他去了。他还是喘着气说："这是个很文学化的表达，我一时很难向您解释……我很忙……"就这样喘了五分钟，什么也没说。我只好问第三个，他立即很扼要地回答了。

B 那个他显然是答不上来，刚刚夸下海口……

I 听说 P 教授给你们布置期末论文题了？

G （故作严肃地）《通过四篇戏剧探讨东方和西方有无绝对的界限》。

N 他一定是想应景，我们不是从世界各地来的嘛。想法是好的。可是我昨天琢磨了一夜，忽然想起：我们班上究竟有几个是"东方人"或者"西方人"呢？B 和我们的法国同学 F 自然是"西方人"，H 自然是"东方人"……M，你算是"东方人"还是"西方人"？

M 都不是。我是"边缘人"。K，还有我们的美洲同学们，他们无疑都是边缘人。

N 希腊呢？

I 我们希腊介于东西方之间。

G 我们俄罗斯也是。

N 其实我也是"边缘人"。想来所谓"东"和"西"者，起初是罗马帝国分为两半，接着走上了不同的宗教道路，于是继承西罗马帝国衣钵的蛮族人，自称"西方人"，称拜占庭为"东方人"。这个概念后来又涵盖了阿拉伯，再后来是奥斯曼土耳其、印度。他们很晚才将中国纳入他们观念中世界的版图，姑名之曰"远东"。这样说来，所谓"东西方的界限"之探讨，只和我们班十四个人中的三个切身相关，其他十一个全是来看热闹的。

　　I　事实上，所谓的"东方"和"西方"，当然没有绝对的界限。自古以来，不同的文化一直在相互交融。比如希腊和土耳其，表面上看，确是世代为敌，但其实土耳其人固然给希腊人造成了许多伤害，而我们也从他们那里得到了许多。而今不少希腊人——包括学者——都怀着民族主义的偏见，耻谈土耳其文化给予我们的影响，这是不对的。

　　正在这时，来了伊朗人 H 和苏丹人 K，他们边走边用阿拉伯语聊着天。H 喜笑颜开，K 愁眉苦脸。

　　I　我们总算齐了！K，你跟 A 教授谈得怎么样？还行吗？

　　K　别提了，她对我特凶。

　　I　真的！

　　K　我法语不好，进去问她能不能说英语。她讥讽地说："先生，会说英语可不稀罕，会说法语才是本事，您懂吗？"

　　G　看，这就是法国人……

　　（以下英语。）

　　K　然后她责怪我迟交了六天！当然，这是我不好，不

106

怨她。她大发雷霆："迟交一两天可以原谅，但那么久不行！我很忙，您懂吗？我没空看您的作业！"不过最后又说："好吧，我还是看看，如果写得特别好呢，没准我还能考虑一下。"我想想，她说的也对。我是有些不负责任。不过在苏丹，拖六天可不算什么。

　　B　好吧，下次可得拿着条鞭子，催你快！快！快！

　　K　不过，说真的，我根本就不觉得这篇作业交上去会有什么用。对她有什么好呢？

　　I　K，你千万别这么觉得。你能作一份贡献，你算一个。今天上午的课你没有来，我们大家都若有所失。听我说，K，你绝对算。

　　（以下法语。）

　　N　没想到 A 教授居然……她上课不总是开怀大笑，一副无忧无虑的样子么？

　　M　下课就变了个人。她的第二堂课，我问她以后还会讲些什么内容，她脸一沉，说："您识字吗？"我说当然。她说："课程信息贴在网上了，自己不看，浪费我时间啊？"我说我第一节课因为有别的考试没来，不知道您贴哪儿了，麻烦再说一回。她这才没好气地说，以后会讲某某圣人的画像。

　　K　唉，那些庸俗的画匠，画出来无非这模样——（说着，在头发里插了两支笔，两手一摊，两眼一翻，腰一扭，以模仿画像中被射死的殉道者。）

G 她所谓贴在网上的只是参考书目而已，根本没有课程大纲。事实是，你上课插嘴质疑她的观点，她恼火了，众人面前一只好装斯文，说什么"您的问题提得特别棒"啊……私下里就……

I 这是确实的。我在这里上本科的时候，有一位教授上课讲到古希腊的一个神，问有同学知道吗？我看没人回答，就自告奋勇，把这个神的来龙去脉大讲了一通，结果眼见得老师的脸色从笑容可掬转为尴尬，更转为愠怒了，只好打住。后来才知道，这等于替他讲课，冒犯他的权威，在法国是很忌讳的。像你这样当众质疑，就更危险了。

（M和B两个蹙着眉用西班牙语说了几句，H听了点头赞同。旁人俱不知所云。）

H 的确，我和B也有类似的经验。我好像说起过，在另一堂课上我们都因此吃过亏。我在意大利做过多年商务翻译，意大利人倒是热情开放得很。

I 和希腊人差不多，地中海民族嘛。不过呢，办事的效率恐怕还不如法国人。

H 不过我听说我们项目的头头们特别专制。我问过在意大利的那些同学，（意大利语）"管得特别严，平时讲座、论坛、活动不计其数，而且全是必须参加的"。

M （意大利语）我也听说了，那边的压力很大。

G 自然的。你看我们的意大利语课，从学期一开始就排定了时间和教室，而且别的课程安排都得服从这门课的方便。希腊语课呢？"你们自己和老师商量去吧！"教室呢？每次拣人家拣剩了空下来的，都没个准。而且，一旦要安排什么集体活动，和希腊语课冲突了，总是那句话："你们希腊语课换个时间吧！"

K　（英语）昨天早上又是。秘书说，意大利那儿领导来了，要给我们开个指导讲座，非常重要，大家必须出席。B说："我们有希腊语课！""至于希腊语课嘛……你们自己改个时间好了。"G抗议了："怎么总是对希腊语课视而不见？！"负责教授只是说："这次会议很重要，请大家务必出席。"

G　看，这多民主！

B　我偏不去听讲座，我请假说有课，看他们怎么样。他们总不见得跟我说希腊语课不算课吧？

N　选课的时候，P教授对我说，按常理，我必须选我论文导师的课，那本来可以理解，而且那时间并不和别的课冲突。但是过了一个礼拜，那课改时间了，正好改在希腊语课的时间。结果P教授和C秘书一致坚持说希腊语课的时间要改。那怎么可能！约会也有个先来后到嘛！

M　N那时说，不能因为他个人的需要而改变七个人共同的约定。希腊语课时间已定，就不能改了，至于选导师的课，那是个惯例，是他和导师之间的私事，只要导师是明白人，一定可以变通的。

N 结果导师很快就说："那好办，您一个礼拜去上希腊语课，一个礼拜来上我的课，这样轮换着来。过去别的学生遇到类似的问题，都是这样办的。"

I 希腊的教授可好说话了，对学生特别和蔼，你们不用担心。

G 而且希腊真是个特别舒服的地方。（希腊语）我在那儿待过一个暑假，我喜欢去沙滩，那边的海很美很美。

M 海边吹吹风多舒服，像我当年在家乡的一个小博物馆里工作，一会儿去喝杯咖啡，一会儿又去睡睡觉……

H 那你选对地方了。你去希腊，到处都是海。

G 吹吹海风，也强似天天上这些无益的课。我们跟秘书反映过多次了，请她准许我们用同样的时间去听一些更有益的课，可她总说："今年你们还必须得去，我们争取明年改进……"

B 接下来还是那句老话——秘书每次说完一个什么活动安排，我们都知道她接下来那句话……

M （紧接着，学着秘书的腔调）那是必须的！

B （笑）每次我们都替她说。

H 还有那个 C 教授的课也越来越不行了。先前讲得是浅了些，但还见得是认真备过课的。这会儿号称"我不讲别的老师讲的内容"，结果每次漫无边际地谈些明星八卦……老实说，是我们有上进心，才给上面提意见，不然，

我们大可像那些法国学生那样，课堂上用 MSN 聊天，上
Facebook，老师根本不管。

    B   这个学期我们每人交一篇论文给他，谈谈我们各自
国家的意大利文化。这倒好，他没教给我们什么，我们可都
把他不知道的告诉他了。

    G   早知道，我不来了，像 P 教授那样一句句解释过来，
我自己会查字典，用得着听他的吗？这里生活条件是比圣彼
得堡好些，可是太沉闷……

    K   （英语）我想回家！我在苏丹是个有声誉的诗人，
在这里什么都不是！我辞掉了工作到这里来，本是想做个学
者，然而我却什么也没有学到，还饱受歧视！

    ……

    I   我相信你们抱怨得都对：管束过于严格，课程无益，
老师摆架子，等等。这种种的不如意，我也经历过。但是还
有一点你们别忘了——看看你们自己，你们来自何处？伊朗、
俄罗斯、中国、西班牙、苏丹、波多黎各——六个人来自四
大洲六个不同的国家，说五种不同的母语，更别提迥然不同
的经历——你们原本毫不相干，今天却齐聚在斯特拉斯堡的
一条船上喝酒，用各种语言交流，互相倾听，互相理解，这
本身就是奇迹。正是这门课程让你们相遇并且相识。而我相信，
比之学问的传授，这更是该项目创立者的初衷所在。所以说，
你们的相遇，你们的情谊，才是最可珍惜之事。今后回到了

自己的国家，希望你们能时常联系，切莫忘记这同学一场。

于是诸生相顾无言，幡然醒悟。此后我们七人之间益加和睦，也很少再听到过激的抱怨。而我到了意大利后，每每听班上的同学百般抱怨这些类似的问题：管束过于严格，课程无益，老师摆架子……甚而认为这段时日唯有煎熬而乏善可陈的时候，就立刻想起伊尔河上的那场会饮来。

（背景：2010 年 5 月 18 日，法国斯特拉斯堡）

2010 年 12 月 20 日于博洛尼亚

巴塞尔车站的流浪汉

好不容易赶上从布里恩茨去巴塞尔的末班车，到达时已是深夜 11 点。我赶到专发法国车的站台，那里的电子显示屏上已经找不到回斯特拉斯堡的班次。我不死心，还想找个人问问。

我瞥见一旁的自动售货机前有个中年男人在转悠，似乎想买点吃的。他戴眼镜，相貌斯文，略显神经质。我问他去斯特拉斯堡的车是不是已经都开走了。

"先生，我不知道。"

我失望，转身离去。但转念一想，到大厅又于事何补，不如考虑在车站过夜。我回到那个自动售货机前，想买点吃的先填填肚子。

那人还在自动售货机前。他还没买好吗？此人中等身材，一身略显破旧的西装似乎不甚合体。他转过头来，又见到我，犹豫了一下，说："先生，您能不能给我三个瑞郎？我买个饼吃……我肚子饿，没工作……"

我数了三瑞郎硬币给他。

"谢谢您。您看，我是睡这儿的。我没有家。"

"今晚我也要睡这儿。车站不会关门吗？"

"不会。"

他说着，买了块饼走开了。我也买了块饼，来到大厅里坐下。过了几分钟，他也来了，坐在我旁边。我们便交谈起来。

"请问您是干什么的？"

"我是学生。"

"您学什么？住在哪儿？"

"在斯特拉斯堡，学文学。您是哪里人？"

"我生在里昂。那个鬼地方。您去过吗？"

"我去过，差点儿被偷。"

"那就对了。那是座下流的城市，它淫逸并且偷盗。"

沉默了几秒钟，他又说道："我也上过大学，那时学的是法律。可是您看我现在落到什么地步！没有工作，没有钱，吃了上顿没下顿，我快跟乞丐差不多了……不，我就是个乞丐！"

"大学毕业之后，您做什么工作呢？"

"我一开始在一家企业工作，没多久企业倒闭了。之后我又干过各种各样的活，待遇是每下愈况……最后做的是送货员，我就是这么倒霉，出了趟交通事故，手臂受了伤。"

"单位不管吗？"

"他们把我送回里昂医治，还叫来了心理医生。可是那帮庸医！手臂根本没治好，他们硬说医好了。那两个心理医生更是把我整得颠三倒四。

114

"然后我就找不到工作了。老婆跟我离了婚——我这个人就是跟女人没缘，先前是找不到女朋友，好不容易讨了个老婆还离了，唉！——偏偏还碰上经济危机，正常人都找不到工作，谁会要我？我去找过政府部门，可他们只会敷衍塞责。现在只好从这个车站晃荡到那个车站。最近还和警察发生了点麻烦……"

"警察？"

"是这样的，三天前我在里昂混，实在饿得受不了了，去一家犹太餐馆吃了点东西，没钱付账，结果他们报了警，我就逃到了这儿了。唉！其实真不如进监狱，一日三餐总算有保障了……"

"您有儿女吗？还有您的亲戚，总该帮帮您吧？"

"我有一个儿子和一个女儿，在南锡上学，他们都跟了我前妻，以我这个爹为耻，由我自生自灭去。亲戚就更别提了。我也不想死皮赖脸地求他们。现在这个社会就是看钱。您看看那些警察、售票员、店老板、路人……他们向您点头微笑吗？因为您有钱。不然谁都不理睬您。像我去那家犹太餐馆的时候——我是犹太人，他们也知道——我一进去就跟他们说，我丢了工作，没钱，现在肚子饿……我以为他们懂，会看在同是犹太人的份上让我白吃一顿。可是我没钱付账，他们就报了警。有什么用呢？什么都得看钱。"

"那您现在究竟以何为生呢？"

"我拾破烂，讨钱，还做过骗子，吃得上一顿是一顿。我神经有毛病，睡不着觉，手臂坏了，身体又日渐虚弱。我只有三十七岁，我已经没了尊严……唉！眼看连活下去都成问题了。"

　　顿了一顿，他微微抬起头，说：

　　"我一直梦想着拥有一栋海边的房子。从前上大学的时候就想，现在还在想……"

　　"这对我们大多数人来说都只是一个奢望。"

　　"可我每天都在做这个梦。哪怕潦倒成这样！要是没有这个梦，也许我就活不下去了。"

　　我无言以对。不久我们都开始打瞌睡。等我醒来，他已经不见了踪影。我嫌坐着睡不舒服，到车站的楼上找了张无人的长凳，又睡了一小会。等我去赶凌晨第一班往斯特拉斯堡的火车时，但见大厅空寂无人，那流浪汉正独自低着头打转。他没有看见我。他在想什么呢？海边的房子？还是下一顿吃的？我不忍心惊动他，匆匆离去。

　　（背景：2010 年 5 月 24—25 日，瑞士巴塞尔）

2010 年 11 月 21 日改定于博洛尼亚

（原载 2014 年 8 月 29 日《新民晚报·夜光杯》）

大江

隋将伐陈，隋文帝谓臣子曰："我为百姓父母，岂可限一衣带水不拯之乎？""一衣带水"是谓长江。从地图上看，那细细的一条蓝线，比起衣带来还要窄小许多。

王安石诗云："京口瓜洲一水间"，口气之轻巧，正仿佛"一衣带水"。

然而，正是在那次从镇江到扬州的渡船上，我见识了这"一水""一衣带水"是何等壮阔！

不消说那句"问君能有几多愁？恰似一江春水向东流"了。当我在萨尔茨堡流连于那清澈的小河边，也曾感叹于其风光之优美，却又不合时宜地想起这首词来——我想，倘若李后主不巧被关在这里，"一江春水"写的是这条小河，那还会不会名垂千古呢？

曾经为一个波多黎各同学讲解这首词，我特意强调说，这"一江春水"是很大很阔的江，可别想象成欧洲这边的小河——你可曾听说过中国的大江是什么模样？她说她知道，首先，当然，中国是很大很大的国家……其次，听说那大江里面可以容得上千艘战船打仗的，其阔大可想而知，反正绝不是塞纳河那般模样的。

又曾和一个巴西同学一起聊天,谈起中国和欧洲的最大差别。我以为欧洲的景致精巧雅致胜过中国,却没有中国的深沉大气。比方阿尔卑斯山脉虽然高峻,然而从远处的城市便可以轻易地望见主峰勃朗峰;中国的诸如太行山脉海拔虽然不如,可是一旦进山,只见前前后后群山连绵,苍莽无际,要想找到主峰谈何容易。又比方长江、黄河虽然泥沙俱下,不及多瑙河、莱茵河、易北河的明净秀丽,但那种雄浑大气,在欧洲根本无法想象。巴西同学感叹说,要是欧洲人去了中国,那想必比你来欧洲所受的感触还要强烈吧。

我想,他一定还没有读过谢阁兰。百余年前,谢阁兰来到中国,翌年从成都出发,沿岷江、长江而下,经三峡到达宜昌,为长江的宏伟壮阔所震撼,作《一条大江》;又在《出征》中,多次面对江河发出生命的感喟。尤其是在《一条大江》中,诗人具体而微地刻画了江水的种种姿态,如何吞并一切与其交汇的大小河流,又如何突破重重障碍一往无前,以为人之个性张扬应如是,胸怀博大深沉应如是,生命力旺盛亦应如是……

《一条大江》是一篇很短的散文,在谢阁兰的诗文中颇受忽略。然而当我初涉其《古今碑录》《画》这些传世之作,而尚未知道《一条大江》时,早已暗自思忖:谢阁兰到了中国,居然对大江毫无感触，这可能吗？

（背景：2005年10月6日，江苏镇江、扬州；2009年11月3日，奥地利萨尔茨堡；2009年9月—2010年6月，法国斯特拉斯堡）

2010年6月2日于斯特拉斯堡

（原载2016年11月20日《新民晚报·夜光杯》）

重逢

第二次来到阿维尼翁。这一回是凉爽的仲夏之夜。邮局门前，树影婆娑之间，长途汽车停在老地方。想当初在此地仅逗留了一日，不想时隔半年，一切于我依旧如此亲热。穿过条条幽暗的小巷，从北门出城，上罗讷河桥，看一路教皇宫那熟悉的夜景，再从桥中段的小梯下到河中央的小岛。我住过的小旅馆还在那里。罗讷河水不舍昼夜，却未尝冲走这座小岛；而对岸的教皇宫下，每日每夜成千上万的人指指戳戳，教皇宫依然毫发无伤。

8点半，旅馆门前的庭院。一辆轿车缓缓停在我身边，从车里探出一个脑袋。

"我们又见面了，邵先生！"

"晚上好，帕斯卡尔！"

我们就这么重逢了。

帕斯卡尔年纪五十多岁。他家住布列塔尼，却在阿维尼翁郊外的一个村庄做巡逻值夜的保安。不值班的时候，白天就在阿维尼翁城里看看电影散散步，晚上就住在这家小旅馆，因此和旅馆的员工相熟。半年前的那个冬夜，我和他同住一间六床宿舍，同室的还有一个在诺曼底上学的中国留学生，三人相谈，良久不倦。后来，三人互留联系方式。帕斯卡尔说他从来不会用电脑。可是——"写信不也很好吗？实实在在摸得着的纸，体现着心境和情感的笔迹……""我很乐意采取这种更温馨的方式。"我说。

临睡，他说，我们可以去布列塔尼找他，或者再来阿维尼翁。

"刚刚认识，相谈正欢的时候，却要分别了……"关了灯，睡下，帕斯卡尔遗憾地说。

"很遗憾……"我说。

"其实我们很可能重逢……在布列塔尼，或者阿维尼翁……"

"我会努力的。那将是很浪漫的事……"

"那不浪漫，那很实际。"帕斯卡尔说。

此后我和帕斯卡尔书信往来。帕斯卡尔谈起入夏的阿维尼翁的美景，并把他的工作时间安排告诉了我。我决定6月间再去一趟。临去前，我在他的手机里留了言。他的同事替他发邮件和我约定：6月6日晚上8点半，我们住过的那家旅馆前见。

我去前台办理入住手续，帕斯卡尔等在一边。前台的两个大妈给了我 33 号房间的钥匙，热心地指点我怎样找到房间。帕斯卡尔忽然开口了：

　　"他知道怎么走。他曾在这儿住过。"

　　"难道你等的朋友就是他！"一个大妈惊呼。

　　"你在这儿住过？！那我们怎么没记录……也许很久以前？不是今年吧？"另一个大妈惊讶地问。

　　"去年 12 月 28 日，我们有幸在这里相识。"帕斯卡尔慢悠悠地说。

　　两个大妈愣了一下。然后捧腹大笑。

　　笑了一阵，前一个大妈说："从没听说过这样的稀奇事！一个法国人一个中国人；一个五十岁一个二十岁……只因一夜的萍水相逢，半年后又来赴约！"

　　"他昨晚就向单位里请了假来这儿了，"第二个大妈回忆着对我说，"说是等一个朋友，结果一直在我们旅馆附近闲荡，也不见开车去哪儿接人。问他朋友怎么来，坐火车还是坐飞机，他说不知道。我们都笑他糊涂。"

　　"太浪漫了，就像戏剧里写的！"前一个大妈说。

　　"这不浪漫，"帕斯卡尔讷讷地说，"这很实际。"

　　第二天，帕斯卡尔开车带我闲逛，一路尽是些青葱的田园，苍古的村舍。帕斯卡尔说："在旅馆里我每天都遇见外国人，但大多难以沟通。我一直在想，如果世界上各个民族之间没有语言的障碍，也许我们会发现，彼此之间其实很相近。"

薄暮时分，他带我赶往塔拉斯孔，因为我在那儿预订了下一夜的旅舍。

塔拉斯孔小城家家门户紧闭，萧瑟得有如空城。由于旅舍很小，门面不起眼，他带我绕了几个大圈才找到。

从宽敞而幽暗的门厅里跳出来一个活泼的小伙子，热情地跟我们打招呼，然后愣愣地看看我，看看他。

"你就是那个订了我们床铺的……SAO？"他犹豫着对我说。

"正是本人。"

"那……这位？"他看了看帕斯卡尔。

"他的朋友。我不住。"帕斯卡尔说。

小伙子便招呼我去拿钥匙。我请他稍等，我要和帕斯卡尔道别。之后我又请小伙子给我们照张合影。小伙子答应了……唉，一年何其短暂，而今我对那个感伤的时刻铭记犹新。

我跟他长得的确不像。何况，从照片上看起来，他的体格几乎比我大出一倍不止。

那个傍晚，帕斯卡尔的背影消失以后，夕阳西下的古城显得愈发苍凉。

离开法国的时候，我匆忙间跟帕斯卡尔在电话留言里道了别。回到上海家中，赫然发现帕斯卡尔在 MSN 上加我为好友。

"他不是说过他从来不会用电脑的吗？"惊喜之余，我暗中思忖。

可是没过几天，帕斯卡尔竟然来找我聊天了。

"你好，南，我是帕斯卡尔。"

"你好，很惊讶在这里'见到'你！"

寒暄过后，我刚想问他怎么学的电脑，那边发来一行字："我是帕斯卡尔的儿子，我正帮我爸爸和你聊天。"

我们就这样聊了一刻来钟。

稍稍间断了一会，然后大出我的意料，聊天窗口中又是："你好！"

我正在想，怎么又从头开始？

"我是帕斯卡尔的女儿。"

原来换人了。

……

又过了刻把钟，忽然又停了一会，接着跳出来一行字："邻家老太太来串门了！"

"那我们下次再聊吧。"

"下次聊，再见！"

"再见!"

(背景:2009 年 12 月 28—29 日、2010 年 6 月 6—7 日,法国阿维尼翁、塔拉斯孔;2010 年 8 月,中国上海)

2011 年 4 月 12 日于塞萨洛尼基

(原载 2016 年 6 月 30 日《新民晚报·夜光杯》)

玛丽-皮埃尔

"她是土生土长的布列塔尼人，了解布雷斯特每个角落的历史掌故，简直是一本活的百科全书。你什么时候来我家，一定得和她认识一下，关于本城的掌故，你尽可以问她。"在阿维尼翁的第一晚，帕斯卡尔就向我热情推荐他的邻居。

我却总是没有机会去。"邻家老太太每次见到我，都问：'你那朋友什么时候来？'"帕斯卡尔在一封信中写道。

我终于见到帕斯卡尔的邻家老太太时，离帕斯卡尔的推荐已经过去了整整三年多。

"没有关系，你自己去敲吧。她非常随和。"

不管怎么说，每一扇紧闭的门总是令人不安。我紧张地敲了三下。门开了一条缝。

"谁？"一个同样紧张的声音。

"是我，帕斯卡尔的中国朋友。"

"哦哦，等等，让我换条漂亮的裙子！马上来！"

过了三分钟，她打开门："看！我像不像中国皇后？"她一脸灿烂。

她叫玛丽-皮埃尔，就因为起了"皮埃尔"这个男圣徒的名字，神父一开始甚至拒绝为她施洗。然而她后来成了虔诚的教徒，除了在当地各镇的集市巡回买卖以维持生计，还坚持学习业已濒危的布列塔尼语，马不停蹄地奔走于偏远乡村，为孤寡老人提供帮助。不过她信仰虽笃，却从不传教。她说："我年轻时也不信有神，有一天遇到了上帝，从此便跟随了他。你若是将来有一天自己遇到他，自然也信。"她喜欢昆虫和布列塔尼饼，不喜欢猫和耶稣会士。说起喜欢的东西，她便尖叫，拍手，一脸幸福；说起讨厌的事物，便立刻拉下脸来，嘀咕个不停。那么，她喜欢狗吗？

"狗是好东西，"她说，"可我都七十四岁了，我只该一个人呆着。要是养条狗，哪天我死了，它怎么办？"

她果然对布列塔尼的各种轶事了如指掌，对谢阁兰的死因之谜也有她自己的见解。当日，帕斯卡尔即将开车带我去探访谢阁兰去世的韦尔戈阿森林，还有他的墓。"你们可得去吃布列塔尼饼啊。"临行，玛丽－皮埃尔关照道。

"你自己有饭吗？"帕斯卡尔问。

"不劳操心。去吧！"

"玛丽－皮埃尔，我知道你厨艺很好。"

"我现在很懒了。当年爸爸总夸我：'我女儿的厨艺最棒啦！'自从爸爸去世以后，我就懒得做饭了。做给谁吃呢？"

"哦，那当然，他可不需要吃啦。"帕斯卡尔像安慰小女孩似的说。

我们钻进了一辆小型房车。帕斯卡尔薪水不多，平时咖啡馆都不常去，去饭店更是稀罕。阿维尼翁那部汽车几乎只剩了一个躯壳，他也舍不得换。看来，买这辆小型二手房车，一定是下了很大的决心。他说，买房车是为了带儿子玩，不过儿子更喜欢和女孩子玩。布列塔尼绵延的草坡此起彼伏，时时有不知名的亮黄花枝飞速扑向车窗，仿佛丛丛节日的焰火。时而他给我在路旁摘一些果子吃，就着一些干粮和果汁。他知道我喜欢古建筑，便带我绕道参观一些具有当地特色的石砌教堂。自然，还有韦尔戈阿森林和谢阁兰的墓石。

　　回来以后，玛丽－皮埃尔检查作业："吃过布列塔尼饼了吗？"

　　"吃了！超市里的。"帕斯卡尔如实报告。

　　"那不能算！"玛丽－皮埃尔大为失望。

　　第二天一大早，送我出发去火车站之前，帕斯卡尔说，去跟玛丽－皮埃尔道个别吧。

　　"这么早，会不会打搅到她？"

　　"你放心，老太太一定已经等着了。"

　　帕斯卡尔的神情，仿佛早已为孩子准备了一个神秘礼物的父亲。他说着便去敲门。才轻轻"笃"一下，门仿佛触发了机关似的，唰地便打开了，玛丽－皮埃尔一身"中国皇后"装束，一脸阳光。

"你没有忘记我。"她开心地说。

我跟她又聊了一会，起身告辞。"下次再来，可要吃布列塔尼饼。"她开心地说。

"说实话，我不大喜欢本地人，"送我的路上，帕斯卡尔说，"我住在这里五年了。而我结识的本地人中，玛丽－皮埃尔是第一个，也是唯一有趣的一个人。"

2017年，亦即我见到她四年之后，玛丽－皮埃尔患上阿尔兹海默症，移居布雷斯特养老院，帕斯卡尔则退休了。2020年6月，玛丽－皮埃尔仙逝，享年八十一，终不曾连累尘世的一只狗。帕斯卡尔在信中告诉了我这一切，他自己也搬离了布雷斯特，合家迁居土伦而去。

（背景：2009年12月28—29日，法国阿维尼翁；2013年3月13—14日，法国布雷斯特）

2013年6月11日于朗布依埃
2022年5月初增补改定于北京

值钱的同学

刚进小学的时候，老师说，进办公室要敲门，要喊"××"。

喊什么？"糕糕"？"抱抱"？"嗷嗷"？我没听懂。所以一直以为老师办公室是个神秘的禁区，要喊口令才能进入；我喊不出口令，当然就不敢去了。很久以后才明白，其实是要喊"报告"（但到底是"报告"还是"告报"，也是好久没有搞清楚）。

后来，听学校广播，里面总在召唤"值钱的同学……值钱的同学……"这个我懂，就是那些戴袖章的模范同学。我要是在走廊上跑一跑，就会被他们抓住，记下名字，影响班级的集体荣誉——这可太糟糕了！"值钱的同学"抓"不值钱的同学"，天经地义。很久以后才明白，他们其实叫"值勤的同学"。

又后来，老师说，汽车司机撞死了人，要"砍白胶袋"，要"坐牢"。我当时想，一辈子牢牢地坐在椅子上，的确很苦，跟被撞死了也差不多；至于"砍白胶袋"，那一定是什么苦差事，何况我见过图画上犯人举着斧头干苦力的场景。很久以后才明白，其实不是"砍白胶袋"，而是"坦白交代"；"坐牢"是关进一间牢房里，不是坐在椅子上不许动。

......

一晃二十多年过去了。一天，一个学了二十多门外语的伊朗朋友对我说，他享受学外语的过程，因为每当新学一门外语的时候，他恍然重回牙牙学语、无知无巧的年代，那种返璞归真的感觉很温馨。

庄子曰："旧国旧都，望之畅然；虽使丘陵草木之缗，入之者十九，犹之畅然。"（《庄子·则阳》）

（背景：2009 年 9 月—2010 年 6 月，法国斯特拉斯堡）

2014 年 12 月 30 日于巴黎郊外塞尔吉

波塞冬故城

　　作为古希腊殖民地重镇的波塞冬城的兴建，约在西元前6世纪初；而其中最壮观的海神庙的兴建，则在西元前5世纪中叶。这段时期，在中国正好是孔子时代。波塞冬海神庙名气不大，希腊人都少有知道它的，却保存得异常完好，粗粝的石柱拔地惊天，虽不及帕台农神庙的秀丽，而雄浑之气实过之。西元前3世纪中叶，日渐强盛的罗马共和国向南进取，波塞冬为之所克。从此，精工细作的罗马式雕琢代替了桀骜不驯的希腊气象，海神庙的气魄于是一去不复返。庞贝城的神庙已然形象端整，锋芒尽收，更不用提巴黎那些羸弱可欺、千篇一律的仿罗马建筑了。

　　波塞冬故城中，还有两座小一些的神庙。环城的石墙虽然不高，却很完整，据说被罗马占领后，也曾大修过的。

　　断垣残壁，古木秋风。当年的集市、商铺皆难以辨认。

　　当年的演说场中，野花烂漫，杂草丛生，壁虎横行。有多少自鸣得意的政客曾在此讲演，今日已不知其人。

　　……

　　夜幕降临。城外的店铺灯火通明，而故城中却没有灯火，成了禽鸟的世界。游人去而禽鸟乐也。夜色渐深，倦鸟归巢，故城收声敛息，遁影藏形，似乎重新沉入了地下。不复有商贾往来，游子逡巡，亦不复有访客的光顾。它的时代早已过去了。

　　海神庙的气势一去不复返，而中国也再无第二个孔子。

　　是谁说的，今人一定胜古人？

（背景：2010 年 10 月 31 日，意大利波塞冬）

2011 年 11 月 18 日前

名盖帝高中的希腊语课

那是我在意大利时的事，大约 2010 年 11 月左右。我在法国已经学过一年现代希腊语，而且次年 3 月便要搬往希腊，亟待加强语言训练。可是博洛尼亚大学开的希腊语课只有一个初级班。和希腊老师沟通以后，她说她在名盖帝（Minghetti）高中里另开了一个中级班，建议我去那儿听课。我问她具体地址。她挠着头说："拿砸里屋•骚扰街（Nazario Sauro，以意大利一绿林好汉的名字命名）吧，大概 18 号，要不就是 28 号……"

就这样，我从大学留级到了高中。我想，我要跟意大利的孩子们一起上学啦。

拿砸里屋•骚扰街是一条逼仄的小马路，路边的一栋古楼房就是名盖帝高中，比毗邻的老房子略微高大些，从墙面的装饰来看，过去应是一间教堂。推开大门，是个敞亮的大厅，其装潢和普通的现代办公楼无甚区别。希腊语课开在晚上，高中生大概多半回家了，底楼大厅里已是空空荡荡。我一进门，正踟蹰间，门房保安问："你是来上希腊语课的吧？12 号教室，在二楼。"

好容易找到那间教室，推开门，大吃一惊，济济 一堂的不是孩子，而是一大群白发老人，夹杂着个别中年人。每人面前一本希腊语教科书，一本练习册，老头老太们戴着老花眼镜，一笔一画地在练习册上做填空。我第一次到那里上课，没有练习册，就和同桌大妈合看一本。她的练习册上，为了方便修改，是用铅笔写的，就像我上小学的时候那样。

那一天的主要内容是希腊地理。老师把希腊的十三个省的名称写在黑板上，教大家念。又打算写出四个海的名字，才写了两个，就写不下去了，于是只讲解陆地上的地名。说到中部省，她问大家："知道中部省有什么著名的地方吗？"

没人答应。

老师说："中部省有德尔斐……"

一老头插嘴道："哦，我知道德尔斐！我去过那儿，很漂亮……"

老师受宠若惊："啊，你喜欢，那很好！"

老头继续说："今年夏天我去雅典。我以前去过雅典的。这一次我朋友开车带我去德尔斐，那顿中饭我吃了一张很好吃的匹萨饼……去年到罗马去，也吃了一张匹萨饼，一张很大的……"他用手比划着。

希腊老师打断他的话："好啦，一会儿再说吧。我们继续讲课……"

老头还在不服气地比划："这么大的……真的，没骗你们，就去年的事儿，我一个人全吃下去了……"

坐在边上的是他老伴，扯扯他，说："好啦好啦，你就别卖弄了。"

接下来是口语练习，老师用希腊语随机向大家提问，大家用希腊语回答。

她问一老头："你的生日在几月份？"

老头："12 月。"

又问一老太："你喜欢什么季节？为什么？"

老太："喜欢夏天！因为……因为……可以呆在家里。"

老师："为什么……"

老太（意大利语）："因为我不会说'爬山'……"

边上一老头（意大利语）："真的！你去爬什么山？"

老太（意大利语）："××山……"

老头（意大利语）："这么巧（意大利语）我女婿也在那附近，我们什么时候一块儿去……"

老师问第二个老太："你到哪里去取钱？"

第二个老太没听明白，答曰："警察局！"

忽然前面的老头说："不对不对，我的生日在 1 月份！"

众人捧腹。

我正笑得开心，冷不防老师问我："Ναν, πώς είναι ο καιρός στη Σαγκάη;"（南，上海的天气怎么样？）

我刚刚吓了一跳，还没反应过来，老师又问："Κάνει ζέστη στη Σαγκάη;"（上海热吗？）

我脱口而出："Si, si, κάνει molto ζέστη！"（对，对，上海很热！可是"si"和"molto"都是意大利词。）

大家笑得更开心了。

……

上完课，老师问我有什么感想。我说这种进度对我很合适，我很满意。老师笑曰："恐怕不只是为了内容本身吧！"

（背景：2010 年 11 月，意大利博洛尼亚）

2012 年 2 月 8 日前

火山爆发

空空荡荡的火车在荒凉的山谷间穿行。两旁的草坡上偶尔出现牧羊犬和羊群。不见民居，不闻人声。

薄暮。阴霾的天。海港边，苍劲的海风吹迷了我的双目。

狭窄的小巷，破败的屋墙。天色渐晚，简陋的小酒店乏人问津。偶见匆匆的游客和面容苍老的行人。

夜已深。旅馆里的洗脸池在滴水。

窗外不时响起鞭炮声，再就是孩子们的嬉笑打闹声。

忽然从哪儿传出了摇滚乐。从哪儿？从那些简陋的小酒店吗？乐声越来越响，似乎旅馆的窗户都在抖动了，夹杂着欢笑、叫喊、走调的尖声歌唱、无规律然而愈加频繁的鞭炮声、鞭炮声、走调的尖声歌唱、叫喊、欢笑……

子夜零点：轰然爆发！还是走调的尖声歌唱、叫喊、欢笑、鞭炮声——一切内容不明然而含义明确的声音混成一片无可名状的轰鸣……这就是从那些简陋的小酒店的黑黑的洞口喷发出的岩浆吗？如此巨大的能量先前到底深藏何处？

我被这轰鸣声卷去，渐不知身在何方。那噼噼啪啪的嘈杂，正是故国新春的狂欢。狂欢，狂欢，不顾一切的陶醉；陶醉，陶醉，整个人间为新年醉舞……

终于，无辞的喧嚣和轰鸣之上，一个热情而庄严的声音响起："Buon Anno！ Buon Anno！……"新年快乐！新年快乐！唯一的言辞。意大利语。

元旦。巴勒莫的小旅馆。

言辞已逝。喧嚣和轰鸣中，我昏昏睡去。

一觉醒来。洗脸池还在滴水。推窗看时，阴霾的天，狭窄的小巷，破败的屋墙，一切沉寂如初。只多了几个忙乱的清洁工，证明了昨夜的火山爆发不是一场梦。

（背景：2010 年 12 月 31 日—2011 年 1 月 1 日，意大利巴勒莫）

2011 年 1 月 8 日于博洛尼亚
2011 年 4 月 1 日改定于塞萨洛尼基

意大利的温州人

一

在意大利的时候，我曾遇见一法国游客。

她问："您是哪国人？"

我说："中国人。"

她问："独自来旅游吗？"

我说："不，我住在这儿的。"

她问："那……您拥有一家店，是吗？"

看来，在欧洲人的心目中，中国人去欧洲多半是做生意的。这是事实。在欧洲，无论走到哪里，几乎都见得着中国人开的餐馆和服装店，不然就是在沙滩上兜售零杂用品的中国小贩。在这些忙碌的中国小贩眼中，同胞显然应该特别优待，只要点点头打个招呼，他们便心领神会，不再纠缠。而在几乎全都赤身裸体地在沙滩上晒太阳的洋人中间，穿衣戴帽、背着包袱、行色匆匆的我的确显得另类，无怪乎洋人们也都认为我是中国小贩，对我敬而远之。

有一次，我刚从沙滩上回到大路，有拎着一袋货物的黑人兄弟便向我使了个眼色，亲切地用英语小声问："有情况吗？"

我："？"

黑人："我说那下面。"

我："有什么？"

黑人："有情况吗？"

我："什么情况？"

黑人："……有警察吗？"

真的，也许我更适合做个商贩。

二

初到意大利不久，在那波利的一家小旅馆里，我和老板聊天。

老板："你怎么学了意大利语呢？"

我："因为要在意大利生活啊。"

老板："那有什么必要学意大利语呢？说汉语就行了。这里中国人多得是。"

我："真的？我怎么没碰到？"

老板："那当然，不但在这里做买卖，还加入了我们那波利的黑帮。"

三

那是从巴勒莫到罗马的夜火车上的事。我是午夜在墨西拿上的车，天已全黑了。整列车上都是六人的包厢。我找到了座位，是我所在包厢中仅剩的一个座，在一排三个座的中间。我这排都是男的，对面那排都是女的。我很快听明白了，左边两个靠走廊的位子上，面对面坐着的是一对老夫妻，右边靠窗面对面坐着的一对，是年轻的姐弟俩，他们都是意大利人。坐我正对面的，是一个和我年龄相仿的女子，看上去像是中国人。她的身高和我差不多，穿着褐色的夹克衫和牛仔裤，戴着耳机，正低着头听歌。她果真是我的同胞吗？

火车开动了。四个意大利人一脸烦闷无聊。忽然，我斜对面靠窗的那个姐姐问我："你是哪儿人？"

"中国人。"我答道（意大利语）。

四个意大利人一霎时都兴奋起来。我边上的老头说："中国人？！她也是中国人啊，你们怎么不聊聊天啊！"那个姐姐说："你们说说话啊，让我们也听听中国话……"说着拍拍我对面的女子的肩膀。那女子羞羞地笑着，拿下耳机，又不好意思说话。

我便问："你也是中国人吗？"

她点头。

我说："我也是中国人啊。"

她："@#$@$^^$$*(&%……"

我："……"

我的同胞咯咯笑起来。意大利人着急了。那个姐姐说："你们不都是中国人吗？怎么说不通话？"

我（意大利语）："中国有很多方言啊，互相听不懂是正常的。"

我另一边的那个弟弟发话了："就好比威尼斯人也听不懂西西里话嘛，何况人家国土有我们的三十倍大，可想而知……"

姐姐："那不还有标准意大利语吗？中国也该有全国通行的标准语吧？"

我（意大利语）："有啊，可不是每个人都会说的。"

正在他们惊异不置的当儿，我的同胞忽然又开口了："我不会说普通话。"这是一句方音很重的普通话，我费了好大劲才听明白。

我："你的家乡是哪里？"

同胞："××。"

我一下子没听懂，她重复了两遍，我才听出"温州"两个字来。

她："你是哪里人？"

我："我是上海的。"

她："上海？"

我："上海。"

她："上海，我去过的。"

四个意大利人都松了口气。老太太满意地说："这不还是说通了嘛！"

我（意大利语）："因为我们的家乡相隔不太远吧。我上次遇到一个老太太，从广州（那是中国很南边的一个城市）来的，我们互相一点都不懂，后来只好用很蹩脚的意大利语交流了。"

他们又很惊奇。接着我和她聊上了，意大利乘客们便也如释重负，包厢里恢复了平静。

四

她又笑起来："其实，我第一眼看你就知道是中国人嘛。不过我想，你多半听不懂我的话。果然。"

我："我们多说说，习惯一点，就听得懂啦。"

她："你是做什么的？"

我："我是学生。在博洛尼亚。你呢？"

她："我在店里做。"

我："那就是生意人了。"

她："哪里啊，给人打杂而已。"

我："你们家就你一个人出来了？"

她："和我老公一起。"

我："那孩子也带着？"

她："没有带。"

我："把他放在哪儿呢？"

她："放在梦中。"

正说着，火车上轮渡了。我俩到船舷上散步，漆黑的海面上冷风阵阵，隐隐望见海峡对面山的轮廓，如一堵难以逾越的高耸山墙。山下几星稀疏的灯火，是雷焦卡拉布里亚小城。为了避风，我们回到船舱里面，找个位子坐下。她在自动售货机里买了一罐可乐，本想请我也喝一罐，我嫌可乐太凉，不想喝。

　　我："你们卖些什么呢？"

　　她："卖衣服、皮包之类的。"

　　我："在哪儿呢？"

　　她："我刚来时是在巴勒莫那儿，现在在费仁泽。"

　　我："哪儿？"

　　她："费——仁——泽——"

　　（……对了！这不是"Firenze"的汉语拼音念法吗？文艺青年喜欢叫它"翡冷翠"，通常中国人叫它"佛罗伦萨"，不过那是美国话。）

　　我："那你们给谁干活呢？"

　　她："店是我表姐夫的。其实，我们在这儿有很多亲戚，大多是我表姐夫那边的人。在国内的时候，大家说起欧洲，就像天堂一样美好。我表姐和表姐夫来费仁泽开了家店，他们那边的亲戚就都跑来跟他们找活干了。我父母也说，你们俩也跟了去赚点钱吧。于是就来了。可是来了又怎样呢？总是那么苦。这里的人待外国人不好。可是在店里呢？我们同样什么都不是，只是看人眼色，做苦工，赚那么一点点钱。我常跟老公说，你就有点骨气吧，我们单独干，哪怕赚得再少一点，总算自由，强似替人打工。我老公他就是不敢。"

我："是啊，谁说欧洲的日子那么好过呢？不过毕竟和家人亲戚在一起嘛，胜似我孤身一人吧。"

她："在一起有什么好呢？还不是天天大吵大闹！为了柴米油盐的小事，为了算错一笔账……昨天就刚吵过。唉，这日子，怎么过呢？"

停了一会，她问："你学些什么？"

我："我是学文学的。"

她："学文学要干些什么？"

我："要看很多书，然后做文章，虽然不费体力，可是很伤脑筋。论文做不出来，就焦虑，睡不着觉。"

她："我是不太爱念书。要是让我写文章么，大概也写不出来。不过我以前在初中里学得倒还可以的。（得意起来）我语文、外语都不好，刚刚及格，但数学总能考八九十分！想当年，老师还常常表扬我作业做得好呢！"

我："那为什么没有继续念书呢？"

她："我爸妈说，女孩子念很多书有什么用呢？初中毕业就够了，不如出去打打工实惠。其实我本来也不怎么爱念书，就跟老公出来了。"

我："那你算账一定算得好。"

她："那当然！我还会说各种服装的名称。（得意地）其实我的记性还挺不错的呢！我把我们店里有的可都记住了。我们常去巴勒莫边上的一个小镇批发货物，我表姐夫教我说那个镇的名字，他说叫'巴——得——哥——里——亚——'，后来跑到马路上，我听当地人说，都是'巴——哥——里——亚——'嘛，你说是不是？"

我："对，差不多。"

她："他待那么久都不知道！你会说意大利语吧，刚才听你说了几句。我几乎听不懂。那时初到巴勒莫，去办居留，我什么都不会说。去登记时我文件没备齐，要回去拿，希望办事员等等我。办事员问我住在哪儿，就是说，他会不会等很久。我似乎听懂了，可答不上来，只会说'巴勒莫'。那个办事员做了个'晕'的表情，一边张开两臂，我明白，他是说巴勒莫大着呢。我也着急，就拉着他，指指门，再打着手势，左一戳，右一戳，左一戳，表示出门左转，再右转，再左转……忽然又想起一个词，便说'Subito！Subito！'（意大利语：马上！马上！）我是想说很近呢。他倒懂了，哈哈大笑起来。"

我："不会说话，是挺痛苦。我有一次去波兰，在站台上等火车，已经过点了，可是左等不来，右等不来。我问身边的一个旅客，我说的是英语，他起先听不太懂。后来大概明白我的意思了，说了一个词。我表示听不懂，他重复了几回，我只是摇头。结果他指指挂在站台上的钟，两手比划了一下时针和分针的位置，然后用右手食指，从分针的位置开始，顺时针划了个圈，龇牙咧嘴地发了一个'哧——'的声音。我终于明白了：他是说列车晚点了。"

是该睡觉的时候了。她想关了灯睡，让我征求四个意大利人的意见。他们都不愿意，说反正也睡不着，不如开着灯还能看看杂志。我只好用围巾蒙着眼睡了。

五

"车都到站了，你还睡……"她说。

我揉醒惺忪睡眼。车正缓缓驶入罗马站。

车站上，我请她喝了一杯咖啡，带她认了认开往"费仁泽"的列车的站台。

"你去哪儿？"她问。

"我去斗兽场。你也许去过？"

"没有。我可没兴致呀。"

她还要了我的手机号码，说有空的时候，可以给我发个短信什么的"玩玩"。

"去斗兽场吧，不要让我耽误了你的行程。"她说。不过我还是陪她等了二十分钟左右。去"费仁泽"的火车缓缓驶来。正在这时，她遇到了几个同乡的生意人，也正准备上车。想来她这一路又有伴儿了。

六

中国土地辽阔，有北方和南方，有沿海地区和内陆地区。在北京人和广州人之间，在上海人和成都人之间的差别，比米兰人和巴勒莫人或撒丁岛人和弗留利人之间的差别要大。他们讲各自的方言，彼此听不懂。可能彼此也不相爱，随时批评对方……受偏见打击最严重的（这些偏见也包括是黑社会的人）是浙江省和福建省沿海城市的居民，这些城市包括宁波和温州……事实上，移居到意大利的中国人中，绝大多数正是来自那个城市和浙江省沿海地区，其中温州人和宁波人最多。

这是历史的报应。我们看到19世纪末意大利政府要在中国坚持一项扩张和征服政策，选中的地方恰巧在浙江省。意大利要像英国、法国、德国那样，打算建一个海军基地，但是那些国家却在其他更好的地方得到了基地。意大利向清政府要求三门湾，这块地方正处在宁波和温州的中间……事实上，我们知道事情是如何了结的。这项要求遭到中国政府的拒绝……

事情已经过了一百年。正是浙江省的中国人，正是温州的居民，现在和平地"侵入"我们的国家。（《意大利

与中国》，[意] 白佐良、马西尼著，萧晓玲、白玉崑译，商务印书馆 2002 年版，第 311—312 页）

（背景：2011 年 1 月 4—5 日，意大利墨西拿、罗马）

2012 年 4 月 9 日改定于沪上北斋

（原载北京外国语大学法语学院院刊《劲松》第 83 期，2019 年 12 月）

希腊革命

从斯特拉斯堡一路往南，经里昂，沿罗讷河南下，至普罗旺斯一带，古罗马的废墟星罗棋布。翻过阿尔卑斯山，便是今日的意大利——古罗马帝国的中心地带。从罗马到庞贝，古罗马的辉煌登峰造极，罗讷河口的那些废墟便相形见绌了。从庞贝城向南不远，有古希腊波塞冬故城。故城废墟南侧，海神庙拔地而起，那雷霆万钧的气势，整个庞贝城都难与匹敌。再南下而至西西里，往东而至普利亚，星罗棋布的是古希腊的遗迹。与普利亚隔海相望的是希腊本土。就这样，我来到了希腊——意大利文明之父，法兰西文明之祖。

"让他看！让他听！如果他愿意，让他洞察一切，接受一切：希腊的岬角、海湾、尖峰、邃谷，群山连绵的希腊，具有地域特色的希腊——让他畅饮那一洒碧空的地中海季风……"法国诗人谢阁兰如是呼吁艺术家体验生活，享受感官的快乐。但很遗憾，看来我是做不成艺术家的了，因为我是饿着肚子踏上希腊土地的，而且虽也曾见群山连绵，却总是愁云幂幂，霪雨霏霏。

费尽周折，搬进了名叫"马旗"的学生宿舍楼。房间窄如华容道，幸亏我身材瘦小。橱门吱吱呀呀，搁板晃晃悠悠，柜里有重圆的破镜，壁上是虚设的机关。在这些中间，我读了雪莱的诗剧《希腊》。那是 1821 年，希腊革命刚打响第一枪。读至篇终，奥斯曼帝国已如红日西沉，而冥冥中渐传来金鼓之声，暴虐的统治者已是穷途末路，一个独立自由的希腊即将崛起。这个独立自由的希腊，如今就在我的身边。

"他们（希腊）那些青春的花朵，从意大利、德国、法国的学府回到祖国，已然将为他们祖先所开创，却在那些地方得到了完善的最新社会体制告知国人。"雪莱欣闻希腊革命的风声，如是描述那势将燎原的星火。雪莱不幸罹难之后十年，希腊宣告独立。之后希腊在数不清的坎坷中迎来了新时代，也重新迎回了许多意大利和法国的留学生。

其中一帮留学生就聚在我门外谈天。夜已深，他们却谈兴正浓，到厨房里去喝酒。我上床睡觉。

迷离间，似闻鲁迅在铁屋外呐喊，又隐约听得希腊革命的鼓角，接着有激昂的歌声愈来愈清晰，愈来愈响亮，终于冲破黑暗，如胜利的凯歌，伴随着雷鸣般的欢笑和掌声……我惊醒。

是那帮法国和意大利的留学生，多半是喝醉了酒，一声高似一声地齐声大唱。紧随着爆出一个尖锐而愤怒的声音，气急败坏地用希腊语大骂——这回大约是管理员大妈被吵醒了。这一来又一阵骚乱，留学生有对骂的，有打圆场的，最后是一道冲出宿舍，到街上去继续大闹"革命"……我看看表，凌晨两点半。

……

一觉醒来，接到通知：下周五 3 月 25 日是希腊革命爆发纪念日，全民放假。希腊语课上，老师教了一首歌：

让 1821 年在某个晚上重回我们身边吧
我会头一个在莫里亚的巷子里跳起舞来……

（背景：2011 年 3 月，希腊塞萨洛尼基）

2011 年 3 月 17 日于塞萨洛尼基
（原载 2016 年 12 月 17 日《新民晚报·夜光杯》，改题为《纪念日》）

马旗宿舍楼的革命队伍

事实上，1821年的革命之夜似乎每晚都"重回我们身边"。马旗宿舍楼的厨房里夜夜金鼓齐鸣，不知可曾"刀枪并举"——我不敢去看，怕他们拉我入伙。那群意大利人多么热情！只是那喇叭吹得既不成调，又极难听。厨房是什么模样，我是直到离开前不久才知道的。

宿舍管理员大妈常常跟我抱怨："你说他们这么吵，还让人看书吗？还让人睡觉吗？""显然不能，"我深表同情。"你能不能想想办法……""大妈，你是管理员，你都没有办法，我有什么办法？""你可以去学生会告状。"她说。我默然。

我当然不会去告状。我刚到的时候，就是两个意大利人帮我搬的行李——两个硕大的行李箱抬上三楼又抬回二楼，因为大家都认为进门算底楼，而其实进门就是二楼，就这样白白折腾了一回。

白日里，没有课的时候，几个意大利人就在大厅里踢足球，总把我的房门当球门，时不时来一脚劲射，把我原本就脆弱的房门砸得如在风雨中飘摇。说实话，我真希望他们的脚法差些。倘如叫他们去踢别的门，又似乎有伤厚道，因为二楼除我而外，都是女生。有一次我出门提意见，他们就忙不迭赔礼道歉。我刚进门，又是"砰"的一声，那门抖了三抖，没有倒下。

我却时时好奇，厨房里究竟有多少人在"革命"——除了意帮和法帮以外。《孙子兵法》曰："善守者藏于九地之下"——我想大概就是我们厨房里那种情形。有一回，文静的芬兰女生蒂亚坦白说，她晚上也多在厨房里闹腾。我不胜诧异之余，渐渐认为不参加每晚的革命队伍者，除我之外，大概也没有别人了。

（背景：2011年3—8月，希腊塞萨洛尼基）

2022年6月2日改定于北京

独后之地

　　雪峰，我不愿意走近你。我站在湖对岸，从莽莽群山之中，唤出你的轮廓。我不愿意走近你，跟跄于你嶙峋的骨架，却见不到你的巍峨。

　　要塞，我不愿意走近你。我隔着深谷，瞻仰你沧桑的躯体。我不愿凑到你的跟前，透过你伟岸的墙壁的窗洞，看见一片废墟，却忘了你的伟岸。

　　大海，我不愿意走近你。我要登上小丘，从松林的背后，欣赏你幻化的色彩。我不愿踏着你的道道清波，失措于人群的喧哗和欢腾，却无视了你的广袤。

　　朋友，我不愿意惊扰你。我不愿碌碌于琐碎的闲言，而忽略了深沉的共鸣，迷失了心灵的感应。为了欣赏你，请允许我默默无言，伴你同行。

　　（背景：2011 年 5 月 15 日，希腊卡桑德拉半岛）

2011 年 5 月 18 日于塞萨洛尼基
（原载 2015 年 8 月 27 日《新民晚报·夜光杯》）

"他在警察局办长居"

希腊语课课间休息时，同学们总要去学校的咖啡馆喝上一杯，再加上一块小点心。我总是和德国同学史蒂芬一桌——还记得我俩的初次对话：

"你好，以前我对你们中国人很有偏见。"他说。

"你好，以前我对你们德国人也很有偏见。"我说。

于是我俩就一桌喝咖啡了。

我想，咖啡馆吧台的大妈应该最清楚我们学习希腊语的进度，因为同学们惯于在点单时操练课上学过的句型。一开始是：

"这是谁的收据？"

"这是他的收据。"

过了两周，就会有些变化：

"这不是我的收据。"

"你怎么知道不是我的？"

"因为你要的是菠菜饼，收据上是匹萨。"

吧台的大妈每次都很入戏。但是，课程内容一天深似一天，涉及旅游、居室、银行之类，渐渐地就难以在咖啡馆操练了。

然而我终于给了史蒂芬一次机会。那次我缺课，课文教的是在警察局办长居的术语。喝咖啡的时候，老师问："谁知道南上哪儿去了？"

史蒂芬现学现用："他在警察局办长居。"

我敢打赌，当时大家一定以为史蒂芬是在开玩笑，他一向喜欢搞笑。

然而我的确在警察局办长居。

希腊人生活悠闲，许多行政部门每天只上两个小时班。下午三点以后，大多数上班族都下班了，三三两两地围坐在咖啡馆的小桌旁，喝咖啡，喝啤酒，吃烤肉……一边侃侃而谈，坐到半夜也不在话下。不过，其实工作时间的悠闲也不下于喝咖啡。上学校注册的那天，两个小时的工作时间，工作人员花了一个半小时帮我打印那一页注册证明，不过边修打印机边聊天，倒是顺便了解了我住宿的苦恼，帮我解决了宿舍问题——让我住进了马旗宿舍楼。在警察局也一样。第一天见到我这个外国人，一个警察叔叔就问我："你希腊语好吗？""我会一点点。""啊！没事，你懂！"随即滔滔不绝起来。只要跟你聊得高兴，他们晚一点下班在所不辞。只不过，关于长居，每个警察要求的材料都不一样，而且每次只要一件，我只得一次次请了假去和警局的大叔大妈聊天。办了整整三个月，也不知让史蒂芬练了多少回"他在警察局办长居"这句话。6月初拿到长居，一看，有效期就到6月底。

"没事，你办延期就可以了，"警局大妈瞅了一眼，慈

158

祥地安慰我，"别担心，你尽管一直待着，不会赶你走的。"

又是一轮轮的文件，学校放假了，只好麻烦导师给我写各种在校证明、存款证明、健康证明、保险证明、免税证明……"希腊就是这样的。"导师也很淡然。

我终于在离开希腊前十天拿到了延期的长居。

"你看看，我说你不用担心吧，这不是拿到了？"慈祥的警局大妈前来表示祝贺。

可惜希腊语课已经结束了，不然我可得亲口用希腊语告诉同学们：我不去警察局办长居了！

（背景：2011 年 3—8 月，希腊塞萨洛尼基）

2022 年 6 月 5 日改定于北京

班级聚会

从意大利到希腊，一路是南欧的热烈与纷杂，正与柏拉图《会饮篇》中那群喋喋不休的辩客无异。塞萨洛尼基的宿舍楼里虽有东西南北欧的留学生，但影响力最大的仍数意大利留学生和希腊管理员大妈，每晚意大利学生鼓角齐鸣，希腊大妈的叫骂雷霆万钧，前者呼而后者应，整个宿舍楼便不复知有别人。

在如此的环境中，我时时想念北欧。听着格里格的《伤感》，我如见那座湖畔的小木屋——那是音乐家的工作室。此际，仿佛有清风挟着雨点，洒落我周身。

6月末，奥地利女生莉达估摸着同学们都快离开希腊了，便提议来一次班级聚会。大家热情高涨，都说一定赴会。

接头地点在亚里士多德广场。我迟到了几分钟，匆匆赶到时，只见到莉达，还有芬兰女生蒂亚。

"我还以为晚到了呢。"我喘着气说。

"你是晚了，"莉达狡黠地笑道，"不会有第四个人来了。"

"不是大家都说了要来吗？"

"有的旅行去了，有的和情侣一起吃饭，只有我们了。"

三个人，自然不需要去饭馆。蒂亚提议去古清真寺边上的小酒吧喝一杯，我们都赞同。

于是在这古清真寺门前的"班级聚会"上，面对街心的中世纪残垣，我们谈及在希腊遭遇的种种不如意。莉达被狗咬了，还弄丢了护照；蒂亚在睡梦中被人撬开窗户偷走了电脑。"你呢？居然没有倒霉事？"莉达表示嫉妒。我何尝没有倒霉事。初到希腊的时候，由于银行卡故障取不了钱，没钱坐车，没钱吃饭，订下的宿舍因付不出第一月的租金而被取消，学校放假找不到人，朋友阴差阳错地联系不上，只好在青年旅馆里天天焦虑地找房子……她俩大为惊诧，几乎要授予我"最倒霉奖"。然而我说：

"曾经有一位希腊老师，当我们几个学生在抱怨生活、学习上的诸多不顺的时候，对我们说：'我知道你们抱怨得都对。你们所经历的这一切，我作为一个外国人，也经历过。但是你们不要忘了最可珍惜的一件事，那就是你们这几个来自天涯海角的人，如今在此地相遇，何其难得。'"

莉达和蒂亚若有所悟。我们这三个此前并不相熟的同学，那一夜推心置腹，犹如密友。

那是个嘈杂的夜晚，酒吧里的希腊人觥筹交错，欢声笑语。我们离开酒吧，来至白塔下幽暗、清冷的海港边并排而坐。东天，一轮初升的明月。

从此以后，《伤感》的旋律为我带来的，不仅是清幽的湖畔那格里格的小木屋，还有塞萨洛尼基白塔下的那一份澄澈与深沉。

（背景：2011 年 6 月末，希腊塞萨洛尼基）

2022 年 6 月 3 日改定于北京

真的神坛

在斯特拉斯堡的时候，一堂文学课上，教授讲解夏多布里昂《从巴黎到耶路撒冷》中的段落，其中一段是这样的：

> 我来到古希腊的地界，古拉丁的尽头。毕达哥拉斯、亚西比德、西庇阿、凯撒、庞培、西塞罗、奥古斯都、贺拉斯、维吉尔都曾穿过这片海域。那一个个风云人物如何地各显神通，使其功业终不为这翻腾的海浪所淘尽！而今波涛如故，我这默默无闻的旅人，轧过古希腊和意大利先贤湮灭无存的船迹，我将到他们的祖国去寻找缪斯；然而我不是维吉尔，众神也不复住在奥林波斯山。

我不是夏多布里昂，他心目中的英雄不曾成为我的偶像，然而我将要做一次相似的旅行。我唯独纳闷，他何以在去奥林波斯山之前，就知道众神已经不在了呢？

我也要去奥林波斯山看一看。其主峰近三千米，登顶想必艰难。但至少要看一看迪翁遗址吧，那是古希腊人祭祀奥林波斯山的神坛。

转眼已在希腊。一学期的课程结束，快要放暑假了。

"你暑假怎么过？"我问学考古的德国女生奥莉薇亚。

"我们老师可能会带我们几个学生去实地挖掘。"

"去哪儿呢？"

"有一个叫迪翁的地方，你知道吗？在奥林波斯山下面。"

"啊！我知道。那里有祭祀奥林波斯山的神坛。我大概会去那儿参观。"

"真的！"

她一定不信，我也不信。

终于来到迪翁遗址时，是一个艳阳高照的酷暑天。一眼望不到头的废墟，古道、垣墙、剧场、神庙……尽皆历历可辨。也许是没有留下大型建筑的缘故，几乎不见游客的踪影。盛夏的奥林波斯山巅，也不见神秘的积雪。这真是当年的神坛吗？倒是时时见到正在发掘的工地，每一处都有几个考古人员在埋头探索，他们也许知道……

于是我看到了手持铁锹的奥莉薇亚。

"你真的来了！"她瞪大了眼睛。

"你真的在这里挖！挖到什么没有？"

"挖出来好多古希腊钱币！"她一脸幸福。

祭祀奥林波斯山的神坛，看来是真的，跟我眼前的奥莉薇亚一样真实！

人们都说奥林波斯山上住着诸神，那或恐也是真的。既然诸神是不死的，那么今天一定还在。

亚历山大东征之前，曾在这里誓师。一块普普通通的说明牌上如是写道。奥林波斯山跟前的一小片空地，如是而已。想当年，这年轻皇帝一声令下，而我们的世界历史图册上便多了一页，一束束带箭头的红线横穿亚欧大陆。而那些与我们一般高的战士受命出征，辞亲别友之际，一定以为过不了几个月就能衣锦荣归，他们也不会相信元帅当真要席卷整个中亚的，就像奥莉薇亚早先不会相信我当真要来迪翁神坛一样。

（背景：2011 年 8 月 12 日，希腊迪翁神坛）

2022 年 6 月 2 日改定于北京

在废墟中

告别，又是告别。"喇叭手"收拾起行李，拖着箱子走了。"歌手"们也作鸟兽散。厨房里一夜夜沉寂下来。有一次我旅行回来，发现那些"足球前锋"也不见了。我的房门再也不会被射得晃晃悠悠了。楼上再也不会响起管理员大妈的叫骂声了。一片死寂，和着夏日的闷热，充塞着宿舍底楼幽暗的大厅。大厅一侧孤独的黑柱子，让我想起古代神庙里那些白色的柱子——它们都见证过一些往事。

还是旅行去吧。

乱石山，荆棘路。神庙的残柱横卧荆棘间，殿宇散作乱石，和满山的乱石共狰狞。拉夫里翁、科林斯、萨摩斯、德尔斐……各自在希腊荒凉的群山中占下一角，专候寻找传说的游人。附近的城镇因之也繁荣起来，成了全希腊最热闹的地方。来自世界各地的游客，兴致勃勃地在装潢优雅的酒吧里开怀畅饮，与殷勤的会讲英语的侍者攀谈，趁着等候菜肴的空隙，斜靠在椅背上，一边眺望远山，一边对"希腊风情"赞不绝口。

全希腊最热闹的古遗迹无疑是奥林匹亚。那是希腊仅有的买票检票都要排长龙的景点。放眼望去，一堆堆方方圆圆的巨石是当年的神殿，一排排错落参差的柱础是旧时的长廊，一片片空旷的场地是传说的舞台，一辆辆壮观的大巴载来了今日的访客。喧闹的人声，在凭吊，在议论，在赞叹，在感慨："可惜往岁的辉煌，竟碎成如许废墟！"

然而，希腊并非到处都是废墟。

萧瑟屋，关门铺，无人街，黄尘路。离奥林匹亚二十公里的皮尔戈斯，说来是今日伯罗奔尼撒的重镇，但只有到了晚上，市中心的广场上才会聚起些宴乐的人群。这座城市，仿佛已经是遗迹，却没有人来凭吊它。

从皮尔戈斯向南，我坐了两小时的长途汽车，来到卡拉马塔。我就这样，从希腊半岛北头的塞萨洛尼基，来到了南头的卡拉马塔。我背着沉重的包袱，在空旷的大街上晃悠，想找个歇脚之处。可是，市区只有五家旅店，因为举办婚礼，都已经客满了。失望之余，我打算步行回车站，赶晚上的车去雅典。

当我路过老城时，老城中心的教堂正好敲了六下钟。夕阳的斜晖把一切照得金灿灿的，令我想起熙熙攘攘的科孚岛的黄昏。可是这里，大大小小的街巷空空荡荡，破败不堪的店铺门户紧闭，没有行人。偶尔从我身旁匆匆经过一个骑车人，疑惑地向我一瞥，似乎这不是我该来的地方。

然而，当我信步由一条小巷转入一个较为偏僻的街区，一座黄砖砌就的小教堂陡然出现在我眼前——这就是打响希腊革命第一枪的地方！小教堂前的说明牌上，绘有当年的革命场景，教人想见那热血沸腾的一幕……如今却唯余一片空寂。夕阳余晖里，一个孤零零的驼背拾荒老人，呆呆地，坐在教堂门边歇脚。四围的老建筑大都经过精心整修，几条死寂的小巷，用心地铺上了石板，两旁还挂着几幅风俗画，想来原先应是供各国游人凭吊的老街。

可是谁会来呢？我背着包袱伫立于此，全然想象不出希腊革命的模样。我只知道，今天是 8 月 20 日，距全民放假的 3 月 25 日已过去五个月差五天。希腊革命已经结束。明天我得回塞萨洛尼基的宿舍去，顺便最后凭吊一回底楼厨房里曾经的"希腊革命"……

我也知道，等到希腊革命满五个月的时候，我将回到上海的家。

（背景：2011 年 8 月 20 日，希腊卡拉马塔）

2012 年 6 月 1 日前
（原载 2017 年 1 月 15 日《新民晚报·夜光杯》）

人在异乡

曾遇一法人，对德人啧有微词，说别看他们在本国循规蹈矩，行不由径，一旦开车过莱茵河入法国，乱闯起红灯来远甚于法人。法人闯红灯尚有底线，车辆必须避让行人，德人闯红灯便纯粹是胡来了。乍闻此言，莫不惊诧，都知道德人做事向来谨慎，何以一出国门就乱性如此？

我却并不感到奇怪。我固然未尝亲眼目睹德人在法国乱闯红灯，然而知道人在异乡，其行为多半会与在故乡时不同。比如我在法国之时，所到之处，所见法人，皆轻声细语，礼数周到，显其高贵之气质，优雅之涵养。可当我来到希腊，所住大学之宿舍，每到凌晨两三点，必有金鼓齐鸣，歌声震天，醉骂，狂喊，疯笑——所唱所喊所骂，都是高贵优雅之法语。哪怕惊扰了希腊邻居的休息，招致雨点般希腊语的指责，也未曾听见一句出自法语的道歉。倘要在法国，这是绝然无法想象的。

去过日本的人，一定会对日人近乎夸张的谦恭礼让印象良深，甚或赞叹备至。然而在"自由散漫"的欧洲，我却见识过他们的另一面。有一次在挪威乘观光船，船舱门一打开，各国游客纷纷检票登船，进了船舱，便好奇地四处张望。此时，只见一队日人，在导游小旗的率领下，鱼贯而入，直奔上层观光甲板，极迅速地分头掇来塑料椅子，靠着船头的栏杆，齐齐摆下两排座位，相互微笑着，鞠躬着，礼让着，一一落座，不出一分钟，船头最好的观景位置，便被这队日人占满了。一旁的各国游客，眼见这番阵势，不禁瞠目结舌，却又不便发作，只得忍气吞声，退避船舷两侧，或回到下层甲板。而这队日人，顾自谈笑风生，周边的一切，于他们而言，似乎竟是不存在的。我腹诽之余，满心希望他们坐错了船头——因为这船像两头蛇，是朝两头都能开的。可惜天违人愿，船终于朝着他们面对的方向，破浪前进了。

　　相似的一幕，翌年又在希腊见到。从米科诺斯到提洛岛的航路，素以风急浪高著称。行驶这段航路的游船，通常分为上下两层，上层是露天的观光甲板，下层是两侧带舷窗的酒吧。酒吧一头是入口，另一头是吧台，入口和吧台之间是一条走廊，两旁各有一排长桌，每张长桌两侧各有四把椅子。观光甲板上风很大，于是我来到酒吧，却看到了奇异的一幕：酒吧内人并不多，却整齐地坐成两列，恰好占去了每张长桌靠舷窗的那两把椅子——那里既可避风，又可观景，位置最为理想。再一看，吃了一惊：似乎都是些东洋面孔。再细听他们的谈话，不禁莞尔，原来又是我们的日本芳邻。

　　那么，旅居欧洲的华人又如何呢？许多欧人对我谈及对华人的印象，褒贬不一，总结起来大约是 安静保守, 不善交流。

我起初很难想象，如此喜欢热闹嘈杂的同胞，到了相对更喜欢安静的欧人中间，何以倒成了安静派的代表了呢？又曾听一即将留欧的同学说，欧人总以为华人内向，所以为了打破这种不良印象，她到彼处必当尽量显得开朗。于是我想起来，我在欧洲也的确见过一些同胞，为了"显得开朗"，而疯颠得更甚于最开朗的欧人。

古谚云："橘生淮北则为枳。"人的行为通常也和所处环境密切相关。惟人与橘之不同，在于人会刻意改变自己。大概人在异乡，总想"随"点儿"俗"；至于"随"什么"俗"，那就各取所需了。

（背景：2010年7月14日，挪威凯于庞厄尔、居德旺恩；2011年8月4日，希腊米科诺斯岛、提洛岛）

2011年11月6日于沪上北斋
（原载2014年7月3日《新民晚报·夜光杯》）

同来望月人何处

那阵子，我每每去塞萨洛尼基市中心，总要经过亚里士多德广场。在那一如既往的人声鼎沸的街市上，我却备感空虚，故而不愿久留。

毕业前不久的一天晚上，曾同波斯尼亚友人 E 君在那饮酒。E 君大我三岁，平素孤高自傲，颇不喜与人来往，同学两年整，这还是第一次与我共饮。在广场的一角，我们对面坐下，各点了一份色拉，一杯啤酒。碰杯之后，彼此倾诉两年来之酸甜苦辣，不胜感慨。夜色渐阑，忽见港口那边，爱琴海上，半轮明月已悄然升至中天，于是聊起了意大利诗人莱奥帕迪的月诗。E 君以为，莱氏在月下对人生的思考，义理玄深，悲凉凄怆，颇堪玩味。我说，依我的中国口味，那些画面固然凄美之至，那些饶舌的哲理则太过啰唆，不写也罢。见她不解，我便举例：

独上江楼思渺然，月光如水水如天。同来望月人何处？风景依稀似去年。（赵嘏《江楼感旧》）

中国诗人虽不像莱氏那样论述月的富于规律和人的飘忽

无定，不也同样能让人想象得出这一层意思来吗？

我和 E 君是在毕业典礼后告别的，只记得她淡淡地说了一句："在希腊，你是我唯一的朋友。"同学们也都星散四海，唯我留在塞萨洛尼基。亚里士多德广场上空还留下一轮孤月。同来望月人何处？

……

回到上海一月有余。塞萨洛尼基纷乱的街衢，亚里士多德广场喧闹的酒吧，大学里那些难看的现代建筑，连同那段离合的悲喜，都已渐渐远去。随手翻阅唐诗，却冷不防撞见了故人：

> 独上江楼思渺然，月光如水水如天。同来望月人何处？风景依稀似去年。

于是我又恍然置身于月下的亚里士多德广场了。

（背景：2011 年 6 月，希腊塞萨洛尼基）

2011 年 10 月 5 日于沪上北斋
（原载 2015 年 7 月 2 日《新民晚报·夜光杯》）

夜深沉

我独自坐在一节火车车厢里。昏暗的灯光下，看不清别的车厢是否有人，也许整列火车里我竟是唯一的旅客。火车轧着铁轨，发出慵懒而沉闷的隆隆声。铁路的一边是一个小镇，另一边是一条小河，河对岸是连绵而高峻的山。

夜色渐深，山苍水黑。从小镇的房舍中渐渐亮起稀稀落落的灯火。火车没精打采、摇摇晃晃地向前行驶，我似乎看见司机正就着啤酒瓶大口喝酒。

忽然，轰隆一声，火车出了轨，侧翻进河里去了。幸好河很浅，才淹到车厢的一半高。司机醉醺醺地从驾驶室里爬出来，歪着脑袋发了一会呆，好像不明白出了什么事，然后不慌不忙地扬长而去。我也蹚水上岸，全身已经浸透，狼狈不堪。

好容易回到铁路边，却劈头撞见一对夫妻，原来皆是旧曾亲熟的故人，不禁喜出望外。他们夫妻二人也大感惊喜，说适才在河岸边的一家杂货店买些油盐，听见河中轰隆巨响，不知发生什么事，便赶来看个究竟，不料他乡竟遇故知。于是二人邀我到不远处的家中小坐。一路相谈，说话极简约，语调颇温和而平静，仿佛每一个吐出的字都将要沉入夜色。

或者是多时的缄默无言，只听见踏实而有节律的脚步声，夹杂着潺潺的流水的私语。然而我终于得知他们结婚后搬了几次家，直至来到这个河畔小镇。数年来，因居无定所，奔忙于琐事，于从前的友人处竟略无消息。而二人对目前的宅屋总算可以满意：家在镇中心，生活是方便的；居室虽然简朴，但住着是舒服的。

推开一扇朴素的小门，柔和而略显昏暗的黄灯下，夫妻二人摆下饭桌，邀我同餐。他们有个四岁的孩子，一点也不怕生，有模有样地对我说着谦恭礼让的话。吃饭的时候，夫妻二人顾自谈着生计，我不便插嘴，只是姑且和孩子聊上几句。孩子很聪明，不仅日常之事应对如流，居然还知道《水浒传》，令我惊为神童。后来又下起了象棋，他却也像别的孩子一样坐不住，走了几着便跑开，一个人玩去了。唯余我独对黄灯，而灯火将一旁两个友人的言语渐渐熔化，熔化……直至曙光驱散了灯火——

梦醒处，山林寂寂，唯有禽鸟轻啼。

2011 年 9 月 17 日于沪上北斋

断桥风

春风复无情，吹我梦魂散。

——李白《大堤曲》

故人相见，自无需繁文缛节。两句闲话，一顿便餐。岳庙走走，断桥看看。古井，古墓，古柏，人群。断桥的风，把熙熙攘攘的人群，吹去又吹来。男女老少推搡着，争相和武穆王合影。

"再去苏堤玩玩吧。"

鸟儿和游人喧哗在乱红繁绿之间，西湖的碧波为这游春曲打着节拍。左一树桃花，右一枝海棠，看，那边一块石碑！……西湖打着节拍，柳叶蹁跹，笑声荡漾，人去，人来……

"再见！"

这别离何其轻快。怅惘如"怨复怨兮远山曲，去复去兮长河湄"的，幽怨如"山将别恨和心断，水带离声入梦流"的，是古人的别离，当绵延的山岭和无情的流水将故人的身影慢慢缩小，缩小，送行者的一腔热血随之悄然远逝，渐觉旷野苍茫，茕独失依。而今，拥挤的人流把你推到车站，塞进火车，一声呼哨，骤然不见，几条短信，然后携余欢安然入睡。

断桥的风，把一幕平淡的梦，吹去又吹来。

每隔一阵，我入梦之后，便悠然飘落西湖之畔，和她聊上几句。春色无边，笑意无痕，一如昨日。

那年夏天，我在北欧旅行，当火车轧着铁轨的硌硌声点数着掠过车窗的森林，一张张故友的脸标识着我的梦，这一个责我浪游不归，那一个抱怨人生坎坷。而她坐在课桌前，微微摇曳的笑容如杨柳的轻荫，惚然恍然，将灰白的墙壁化成水波粼粼……

早春的绿犹如一层浅浅的水粉，浸透了和煦的阳光与温柔的水波。水边，一个蓝衫白裤的少女，我的旧友。

"我回啦，"她愉快而淡然地说，又仿佛看出了我的担心，"我们会再见的！"

"不……"春淹没了我的言语，我用眼神挽留。

她笑了，如同安慰一个被无端的恐惧攫取的孩子："我们还会见到的！"

她消失在阳光和水波之间。淡黄和浅绿融成瀚海无边。

我悲恸，仿佛和这春梦诀别。

断桥风起，我惊醒。

一晚，我仿佛置身于百货大楼某层的窗前，俯瞰着大大小小的长方体，还有各种车辆、行人排成的长长短短的线段。

忽然又走在百货楼下的街边，身旁几个同学嘤嘤嗡嗡地商量着什么。汽车引擎声的间歇里，不知谁提了个建议，又不知谁表示了赞成。我的反应是……于是我们拐了个弯，向一家饭店走去……随后又碰上了另一群熟人。七嘴八舌的支吾，如两股水流的交汇那样难以捉摸。

我试图找出他们语言的线索。我还有理智。我要抽丝剥茧，条分缕析。张某说："我要去某地。"（我懂。）李某说："好，好。"（他支持张某的决定。）孙某问："那儿怎么去？"（我理解，他也想去。）一切都符合逻辑，我等待答案。我失望了：没有人回答，孙某也没有再问。我又试图追踪别的话题，但是一次又一次地失败了。

我懂了：他们的语言也许只是某种暗号或象征，不能从表面去理解。我决定追踪他们的行动而非语言。赵某对我笑了笑，却去和王某说话。杨某说……（那代表什么呢），然后几个人都背起包……我想，他们准备离开了。猜对了吗？我等了半天，谁都没有动。

到底怎么回事？难道一切追索都注定是徒劳吗！周围晃着一张张快乐的脸，来历不明的松弛笑声不断涌入我的耳朵，终至于在我脑中泛滥成灾。我痛苦之极，似乎陷入迷阵，无力逃遁，无处攀援……

忽然，整个世界放映结束似地堕入黑暗，一会重又光明起来，浅绿色的生机一片。不见人影，只听一个清新的声音说道：

"来吧。"

"我们去哪儿？"经历过前面的折磨，我疲软地问。可是凭直觉，我很信任这个声音。

"那儿。"

"好啊。"

"那么走吧。"

真是这样吗？假如有仙界，假如有天堂，那一定是这里！

醒来后，我使劲回想，只恨没有照片，也没有录音。吹散了迷阵将我救出的，是断桥的风吗？在浅绿色世界里迎接我的，是那水边的故人吗？想着想着，那温馨的一幕却越发模糊了，那声音也听不真切了。

她是谁？

（背景：2007 年 4 月 7 日，杭州；2010 年 7 月，北欧）

2013 年 11 月 16 日改定于巴黎郊外塞尔吉
（前三节原载 2016 年 6 月 1 日《新民晚报·夜光杯》）

残关

地平鱼齿，城危兽角。

——庾信《哀江南赋》

人说孟姜女哭倒长城，真是无稽之谈。长城是自己哭倒的。我沿着枯黄的山径往上爬，长城抓牢山脊，一顿一挫地前行。忽高忽低的残墙，仿佛是一阕楚歌，一首哽咽的埙曲。每当悲从心生，那墙便晃一晃，哗啦塌下一截。有时候，它低调得几乎沉入土中；有时候，又仿佛攒够了力量，抖一抖精神，腾身跃上陡峭的崖壁；每当它必须改变方向的时候，便耸起一座烽火台，如笔锋转折处凸起的棱角……

我起初摸着城墙根前行，接着爬上了它的脊背，随着它游向悬岩之巅。眼看岩石越来越险峻，道路越来越曲折狭窄，它不断变换方向，转身却渐趋艰难，它将何去何从？

它停下了。

我站在城墙的尽头，前方山势骤降，已是无路可行。约莫三百米开外的一个小山头上，从枯枝顶上露出一座孤立的烽火台。长城到那里便止步了罢？小山头下是深谷，深谷的对面，横亘着一排拔地冲天的山岭，像一道巨大的屏风挡住了我的视线。西倾的日光像一个大画师，斜睨着眼，寥寥数笔，在上面刷出一道道明暗相间的画面。

可是，其中一条陡峭的山脊骨上，只见两条平行的细线向更高处延伸。那是什么？就是它！在巨大的山体上，长城显得如此瘦弱，犹如一缕早春的藤蔓。然而它坚定地攀援而上，它仍然要翻越这道屏障。

我的脚步既已知难而止，我的目光也终于望尘莫及。

归途中，我恍惚间走迷了路。城墙根下的小径已到尽头，一座庞大的敌楼拦在面前。我想绕过它，然而四围是丛生的荆棘……对了，我本该从城墙顶上走，才能从敌楼的门洞穿过。幸亏门洞不高，城墙又倒了半截，只要踩着残垣，手脚并用……毛糙的城砖擦着我的手掌，仿佛我有意亲手拨弄琴弦……不，它们纹丝不动，也没有什么声响。然而正当我喘着气，攀着墙头，将脑袋探进幽黑的门洞时，却吃了一惊——

一个金发洋女，手捧一本导游书，正缓缓步出洞口。

我想起司马台的敌楼里裹着棉被缩成一团的士兵，他虽名为值勤，却一定知道不会再有胡人进犯。而今我登上这卧虎山长城，犹如从高阁中翻出一部尘封已久的古书……一团寂静，这早已是中国的腹地。可是——一个胡人！

她呢，一脸白日见鬼的惶恐。

我们擦肩而过，各自延续自己的旅途。走了几步，我转身看一看她，适逢她也从门洞外疑惧地回头瞟了一眼——我在黑暗中，她一定瞧不见我。

穿过敌楼，重又光明一片。城墙一浪一浪向山脚倾泻而下。湛蓝的天，灰蒙蒙的枯枝，灰黄的泥土，灰黄的城砖。我时而想，那个胡人，不知是会沉入这曲悲歌，还是会赶在日暮途远之前，回头是岸……又时而想，绵亘无际的长城，也不知将要经历怎样的崇山峻岭，抑或沃土平川……然而，这一切纷飞的杂念仿佛都被那座敌楼挡在身后，好似一群乌合之众，呼声愈来愈纷乱，微弱，终于涣散。我唯有沉浸在这冷酷而刺目的天光里，这严厉而惊心的残墙间，倾听这一曲静默却又尖厉的古调：且看这些残关，已经到处抛下石泪，这儿一堆，那儿一摊。

（背景：2011 年 12 月 24 日，北京卧虎山长城）

2015 年 2 月 19 日于巴黎郊外塞尔吉
2017 年 8 月 13 日改定于巴黎郊外阿尔帕容
（原载 2018 年 8 月 21 日《新民晚报·夜光杯》）

生活在此处

米兰·昆德拉说，"生活在别处"；我心有戚戚焉，遂常常舍此而他往。

"他往"也者，有两种情况，或者是旅行，或者是读书。尤其是海外旅行，尤其是读外国书。对我来说，两种情况都很平常。

旅行是感官的"他往"。旅行之前，会对某地有一个想象；旅行回来，会有另一种印象。这印象和那想象比起来，也许更好，也许更坏，却肯定非常地不同。比如想象中的法国，不外乎埃菲尔铁塔、巴黎圣母院、薰衣草田之类；脚踏实地，才知道这些只占极微小的一角，甚至说是法国的特例也不为过，更多的还是广阔的麦田，土色的房屋，简朴而又单调。关于希腊的想象，也不外乎蓝色的海洋、白色的民居、神庙的残柱之类；殊不知更多的却是乱石山，荆棘路，拜占庭式的小教堂，以及由于经济不景气而萧瑟破败的建筑。

读书则是精神的"他往"。读过一本书，必会有不同于已有评论的全新感触。以我喜欢的法国作家谢阁兰为例，读了某些法国学者的评论，会以为谢阁兰的作品堆满了迷思，充满了悬念；读了某些中国学者的评论，会以为谢阁兰无非以一个外行人妄议中国文化；可是读了他的作品本身，首先发现的却是他和我有着许多共同的怪癖，比如他不去登临中国的名山大川，却在南京城外的稻田里寻寻觅觅，探访那些或正立，或倒立，或半没于泥土的南朝石辟邪……这一切，不正是我所钟爱的吗？在这种怪癖上，我遇到的第一个同好居然是个西洋人，这怎么解释呢？于是我想，他的作品中一定隐藏着只有我能领悟的东西……

要之，旅行总是伴随着摄影，摄影是以独特的视角反映他乡的风景；读书总是伴随着探究，探究是以自己的眼光解读他者的心声。

然而认识他乡，岂止是认识它本身而已，那必定也是对故乡的认识：故乡所有的，绝不是理当如此的，而是有其独特性在。你以为山上长满了树很正常吗？希腊的山峦可是以光秃者居多；你以为大江大河很正常吗？欧洲的河流却是规模有限。于是摄影留念，记录下这些"稀奇"的，仅仅属于"他乡"的，或者仅仅属于"故乡"的风景，以此告诉别人，也告诉自己：有种种别样的风景存在。

同样地，探究一个作家，又何尝只是为他的作品本身。为了表示对作家的尊敬？也许，可是作家已经不在人世。是为学术作贡献吗？当然。不过毋宁说，更是为了自己的需求，为了使自己确信：有这样一个有趣的事实存在，从这里面，我们可以获取精神营养。

换言之，认识他乡，也就是认识故乡；探究他者，也就是探究自己。

就像这样，说起来我常常舍此而他往，却又从不曾真正离开过。因为我通过认识他乡来认识故乡，通过探究他者来探究自己。正如谢阁兰说的："人的远行，其实就是内心的跋涉。通过条条道路最终到达的目的地，恰恰就是他的内心深处。"

生活在此处——我就是这样来理解"生活在别处"的，也这样来纪念我一次次的出发与归来。

（背景：复旦大学外文学院 2012 届硕士毕业感言）

2012 年 6 月 27 日于沪上北斋
2017 年 9 月 3 日改定于同地
（原载 2017 年 9 月 22 日《新民晚报·夜光杯》）

过汤阴

灰灰的白纸板
灰灰的黑体字
挡风玻璃一角
载着你的大名
小客车扬起尘
踉跄着向前驰
驰过破败的店铺
驰入凋敝的城市

这是一座古老的城市
这是一座繁华的城市
这是一座美丽的城市
这是一座英雄的城市

岳鄂王横刀立马
在十字路口瞻顾
四围的钢筋水泥
谁敢昂起头颅

满街征尘滚滚
全城威风簌簌
矮小的店铺民房
颤抖如败将残卒

你是一座古老的城市
你是一座繁华的城市
你是一座美丽的城市
你是一座英雄的城市

你的名字在地图册里
和着千载如斯的荡水
你的名字在说岳传中
映着袒背刺字的慈容
你的名字在火车站顶
牵着万里游子的归情
你的名字在小客车上
带走一介访客的期望

灰灰的白纸板
灰灰的黑体字
挡风玻璃一角

载着你的大名

小客车扬起尘

踉跄着向前驰

驰过破败的店铺

离开这凋敝的城市

（背景：2012 年 8 月 9 日，河南汤阴）

2012 年 8 月 27 日于沪上北斋

舞台

一座高高的土台。

天惨惨，风萧萧。玉米叶翻腾起伏。一痕弯弯的土路，将访客引向这方神秘之域的中心——这座高高的土台。

我站在土台上，眺望四野。

左右两侧，生满荆棘和野树的城垣伸向远方，渐渐地分不清何为城垣，何为野树。废弃的城垣依然护卫着这座同样废弃的土台。城垣之间的野地好似打满了深浅不一的绿色补丁。天边，成群结队的高楼正怯怯地伸长脖颈，窥探着这方神秘之域，与土台无言相对。

听说这座土台名叫龙台，是战国时赵王的宫殿所在。如今赵王早已如传奇般远遁，宫殿亦复归于尘土。席卷亚欧大陆的亚历山大，其宫殿同样烟消云散，在爱琴海畔留下另一座高高的土台，与眼前的这座何其相似！

然而这不只是赵王一人的宫殿。廉颇、蔺相如呢？也曾经在上面？一个络腮胡子的老大爷，一个风度翩翩的大伯，身材和那两个在远处耕作的农夫差不多？

我知道他俩是史书里的常客，《史记·廉颇蔺相如列传第二十一》。他们时常也在诗词歌赋中露脸。形象呢？一个花脸（背后插许多令旗），一个老生，老将军身背"荆杖"到相府请罪……难道他们从数千年传抄的书稿，从数百年璀璨的舞台，也曾有那么一天，触犯天禁，谪降凡尘？

回到家，打开电视，一阵咚咚锵锵——看，这不他俩又回来了吗！

"哎呀，丞相啊！

"廉颇老迈昏庸，胸襟狭小，不该居功自傲，蔑视贤才。今如梦方醒，为此我身背荆杖，行到相府，前来请罪。望丞相念在同朝的份上，你是打也打得罚也罚得，还望你、你、你多多地指——教——啊——！"

一阵鼓掌，几声喝彩。

"哎呀！

"见此情不由我伤心泪降。我和你秉忠心扶保朝堂。让将军为的是国家为上，怕的是文武不和，手足相伤。"

几声喝彩，一阵鼓掌……

……

"今日里将相和，民富国强！"

暴风雨般的喝彩和鼓掌……

一段《将相和》唱罢，演员在掌声中谢了幕。辉煌的灯火和花花绿绿的布景黯淡了下去，空空的舞台沉入黑暗，终于为一成不变的红幕所掩盖。

鼓乐的余波似乎还萦绕在我耳际，恍惚之间，一座高高的土台在我面前兀然升起。静谧之中，唯有一大片玉米叶窸窸窣窣地摇曳着，好似那些鼓掌的手，虽人去台空，依然迟迟不肯停歇。

（背景：2012 年 8 月 12 日，河北邯郸赵国故城）

2012 年 8 月 19 日于沪上北斋
（原载 2016 年 4 月 10 日《新民晚报·夜光杯》）

夏君的电话号码

夏君是我的初中同学，我们做过同桌，借过尺，拆过笔，扒过土，摔过跤，翻过筋斗，换过衣服。他嬉皮笑脸地说过我喜欢某女生，我耿耿于怀地说过他不是好人。

尤其是，每天放了学，电话总不会少打。照例是我打电话问夏君今天布置了什么作业，问后忘了，再打；夏君则问我某题如何做，问后忘了，再打。

有时在爷爷家，亲戚们觥筹交错之际，来了夏君的电话："我是夏×，邵南在吗？"时间一长，各路亲戚无不知我有个朋友夏君。每次见面，如果无甚可聊，便问："你那夏君怎样了？"看我的班级集体照，必定要问哪个是夏君。我说夏君生病没有来照相，他们便很失望的样子。

如果当时有人问我记得最熟的是什么，那恐怕不是乘法口诀表，也不是哪首唐诗，而是夏君的电话号码。其次是外婆家的电话号码。

有一次在爷爷家，我照例打夏君的电话。

电话那头传来一个女声："谁啊？"

我感觉似乎不对，但话已冲口而出："我是邵南，夏君在吗？"

"哦，是夏君啊，邵南不在，到他爷爷家去了。"

"哦，好，再见。"

放下听筒，我回过神来，仔细想了想，适才接电话的好像是我外婆，不是夏君的外婆。我把电话错打到外婆家了，外婆则习惯性地把我当成了夏君。

上高中以后，因为课业不同，和夏君便不多打电话了。但是和初中的朋友下四国军棋，多半约在好客、随和的夏君家。夏君其实不擅军棋，所以多半担任裁判。即使担任裁判，有时也不免犯糊涂，拿着两个棋子左看右看：

"旅长和团长哪个大呀？"

于是双方实力曝光。

夏君家新养了一条京巴狗，也是那时的事。下棋之余，友人郭君、沈君最喜欢逗小狗玩，小狗又适逢发情期，被逗得上蹿下跳，狗毛漫天飞舞，郭君、沈君不亦乐乎，夏君偶有微词。后来郭君学了兽医，开了宠物店，我恐怕正和夏君家的京巴狗有关。

日复一日，年复一年，渐渐地有人去了外地，有人开始工作，逢年过节，聚得起来的人越来越少了。四国军棋先是省去了裁判，后来四个人都凑不齐了，于是很少再去夏君家。有一天，我又想纠集些狐朋狗党去夏君家下棋，却照例凑不齐。

"我再找几个人试试，不然就单独去你家了。"我拨通夏君家的电话，对他说。

"我新近有了工作，这回想请你喝杯咖啡，"夏君想了想，说，"你一个人来吧，人多了我请不起。"

聊天中，我得知夏君新近做上了汽车厂的电焊工，从早忙到晚，报酬却有限。虽有些屈才，但能够自食其力，夏君还是颇感欣慰。"前些天领了第一笔工资，一半给了父母，以为报答；还留了一部分，是专门请朋友的。"夏君说。

那是一家星巴克店。我喝着夏君的第一笔工资。而今身在欧洲，星巴克店触目皆是，可我不愿问津，因为没有那位电焊工朋友。

日复一日，年复一年，交游越来越广，朋友越数越少。有一次给夏君打电话，不巧遇他心情低落，没有多聊，我便难过地以为夏君也渐行渐远了。

然而亲戚聚会，无话可说的时候，照例会问："夏君怎样了？"

后来，我去欧洲游学。两年后，我浪子回头。一天电话铃响，是夏君打来的。

"好久没有见了，什么时候出来碰碰面？"夏君说。

夏君还是旧模样。憨憨地笑着，语调总是波澜不惊。他对现在的工作不大满意，想去夜大学充充电，换个好点的差事。聊起老同学的近况，夏君了如指掌，为我一一介绍。

"你的京巴狗怎样了？"我问。

"死了。"夏君悲伤地说。

"这么快？"

"它确实老了。"

我忽然意识到，已经整整八年没有去夏君家了，当年和我们玩耍的那条小狗已经老死了！

我总是浪迹在外。我的固定电话一换再换，而今终于只用移动电话了。夏君的固定电话却始终没有换——估计到现在也还没有换，如果换了，他一定会告诉我的。

对了，我还没有忘记夏君的电话号码。有人要吗？

2013 年 2 月 12 日于朗布依埃

（原载 2015 年 6 月 2 日《新民晚报·夜光杯》）

淹城雨

> 古今如梦，何曾梦觉，但有旧欢新怨。
>
> ——苏轼《永遇乐》

一

江南秋意最深处，在秋雨中的淹城。

那时，淹城还在沉睡。风拂着水淋淋的树叶，淹城做着它的梦。雨丝轻弹着护城河的水面，泛起圈圈涟漪。它可曾梦见吴人先祖的船桨？

小径泥泞难行。城垣上，秋草依依。野花从草里探出头来。淹城的呼吸呵护着它们。

吴人的影子在它的梦里晃动。它听他们谈话。

它可曾听见这足音跫然？也许，它已把我当成吴地的先人。三座古冢，是先人的归宿。我和他们只隔一片草。

笼罩着沉睡了两千五百年的古冢的，是秋风，是秋雨，还有桂花和泥土的淡香。

二

四年过去了。我已经看惯了阿尔萨斯的五彩木屋，抚遍了古罗马辉煌的废墟，疲惫于爱琴海上日复一日的漂泊。那晚，当秋风簌簌，暗雨潇潇，当桂花、泥土的淡香重新沁入我的心脾，我忽然明白：我回家了！

我迫不及待地想再去淹城走走。

游人的尖叫与机器的轰鸣杂然相间，捶击着古城的心灵。游览车飞驰在城垣间修葺一新的道路上，喇叭里一遍又一遍地传出鬼哭与狼嚎。古冢的周遭扰攘着五彩的风筝和烧烤的烟火。

淹城醒了。它惊愕地注视着这些陌生人。他们是谁？它明白了自己原先是在做梦：它熟识的吴人早已长眠不起，在那些野树覆盖的硕大土堆底下。桨声一去杳然。自己满身花花草草，非复旧时容颜。大梦既醒，它不发一言，新的惊愕冲走了旧日回忆……

它听任摆布。人们很满意。

可是谁还能奢望聆听它的梦呓，呼吸它的气息？

三

又是一年秋风夜雨，一盏盏路灯蒙上了水汽。我知道，如果我不去法国，再过几天，那熟悉的气味，又会在某个我猝不及防的时刻，倏然唤醒我的旧梦。

四

转眼已置身于巴黎郊外。森林和原野的轮廓好似被黄绿的枝叶镶了边。层层云垛投影在山丘的缓坡之上，使色彩斑斓的房屋更显变幻莫测。

有时候，乌云怒卷，猛地泻下一阵大雨，又戛然而止。

我的脑海中浮现出阿尔萨斯的秋色。在那里，我曾和友人们度过美好的时光。我顿觉有些遗憾：巴黎没有漫山遍野的葡萄园。

（背景：2007 年 11 月 16 日、2011 年 10 月 30 日，江苏常州；2012 年 9—10 月，法国朗布依埃）

2013 年 7 月 15 日改定于巴黎

（原载 2016 年 10 月 19 日《新民晚报·夜光杯》）

沉思的心

一

这夜，一团漆黑，分外宁静。园子里，小树伫立无声，草叶纹丝不动，仿佛画中。漫天星斗，冷冷地吞吐着银光。借着台灯，见窗前结着一张硕大的网，正中间头朝下趴着一只矮胖的蜘蛛，悬在空中却岿然不动，好像在表演杂技。

从邻家楼上，传来低低的鼾声。

唉！我身边没有思潮起伏的心。

二

那夜，和如今一样的漆黑。十五人的聚会，只来了三人。

古清真寺门口的那些小酒吧，每天从下午到半夜总是聚满了畅叙幽情的希腊人。我们占了一个露天的座位，面对一撮撮眉目模糊的中世纪残垣，聊着我们的往事。黑暗中，身旁宴乐的人群仿佛如此遥远……酒杯已干，意犹未尽，我们决定去海边吹吹风。

我们来自迥异的乡土，并肩坐在塞萨洛尼基海港的堤岸上。微风拂面，微波荡漾。我们身后是笨重的拜占庭瞭望塔，从我们来的那一天起，它就在那里。塔的周围是一个广场，黄黄的路灯下，许多黑魆魆的人影胡乱地晃来晃去，仿佛游荡的鬼魅。我们轻声交谈，时而沉默不语。

　　沉默时，我感受她们的思想。那些喧哗的聚会，敞亮的课堂，何尝容得下静默的体察？如今夜色溶解了风景，也溶解了人心的壁障。她们感慨聚散如风，和我一样。她们珍惜这相逢的时刻，和我一样。她们思念久违的家乡，和我一样。她们留恋这已然熟悉的港堤与日益温暖的海风，和我一样。风抚弄着我们的鬓发，风鼓起深沉的海涛，风吹起游子的心潮，一波，一波，潜入暗夜，涌向天涯……

三

　　如今，她们都回到了自己的家乡，在不一样的风景里，过着自己的生活。愿我们相忘于江湖。

　　夜依然如此宁静。蜘蛛一动不动。我上床睡觉。

　　我梦见自己在昏黄的灯下，身边坐着少时的同桌。她刚刚对我吐露了什么烦恼，重又沉浸到自己的思绪中。我默默感受着她的心情，不愿惊扰了她的思想。

　　（背景：2011年6月，希腊塞萨洛尼基；2012年9月，法国朗布依埃）

2012年12月4日改定于朗布依埃

（原载2017年7月28日《新民晚报·夜光杯》）

十五夜望月

你来了，从邻家的屋顶
你来了，满载东土的情
你那眉目混沌的圆脸
是多少期盼的面孔的叠影
你那纯洁动人的霜辉
是多少伤情的泪珠的结晶

从故国的天边沉没
你升上西欧的苍穹
我尝试从你的脸上
辨出旧友的影踪

冷冰冰，你不愿垂顾
亮闪闪，你缄默无言
不然，请引我梦回
淹城雨深，断桥风暖
西江石冷，北口关残
急匆匆，你去意坚决
你将翻越对面的屋墙
你将历遍沧海高山

你将重经我的家园

且慢行！请为我捎去

一枕旧梦，一管牵念

一怀疏影，一脸云天

（背景：2012 年 9 月 30 日中秋，法国朗布依埃）

2012 年 10 月 2 日于朗布依埃

题照

悠悠芳径

一个红衣女郎

凑到他面前细瞧

指尖轻抚他的伤疤

仿佛安慰迷路的孩童

你来自何方

为何到此流浪

千年残碑

是安详的老翁

让风雪摧平了脊梁

让光阴流走了威严

在青枝的陪伴下

夕照的润泽中

陶然坐忘

你来自何方

为何到此流浪

（背景：2013 年 1 月 3 日，意大利阿奎莱亚）

2015 年 3 月 2 日改定于雷恩

鸟栖岭

> 愿为云间鸟，千里一哀鸣。
>
> ——阮籍《咏怀》

"你要去那家店吗？"杂货店大妈吓了一跳，"它不在村里，在鸟栖岭上。"

"很远？"

"少说也得有五公里，你又没有车……"她煞是同情。不过她还是决定给我指明路途，"左拐……一直走……一直走……"看她迷茫的神色，仿佛在叙述昨夜里一个近乎遗忘的梦；犹疑的手势微微向上，指向远方，似乎指的不是五公里外的鸟栖岭，而是遥远而又神秘的美洲新大陆。

我按大妈指点的路径走去，约莫半个小时光景，来到了鸟栖岭上。原来这是翻越比利牛斯山脉的一条通路的制高点，向东北和西南眺望，左右两侧的山峰犬牙交错着伸向远方。

客店老板是个四十多岁的中年男子，非常和气，略显腼腆，耳朵有点背。"房价每晚二十五欧，你想在店里早晚餐的话，四十七欧，怎样？""有些贵了。"我说。"四十欧怎么样？

如果你不想吃太多的话。""好吧。"

总共四层的旅馆空荡荡的，只有老板和我两个人，还有他的两条狗。一条年轻的大狗，名叫阿多，精力特别旺盛，喜欢尖叫着到处乱撞。还有一条衰老得行动不便的哈巴狗，成天伏在地上，像一团脏兮兮的毛线，是老板去世的母亲留下的，已经十五岁了。

晚餐时间，餐厅里，昏暗的小木桌。前菜、主菜、甜点一应俱全。老板每端来一道菜，都要介绍一通配料和做法。那些菜很稀奇而且美味，我在别处从来没有吃到过。

"哎，"他神秘兮兮地说，"你吃出来没有，我在色拉里拌了点什么？"

"嗯？"

"中国的！"

"嗯……"

"为了欢迎你，我加了点酱油！"他变魔术似的从背后拿出一个小瓶子，"所幸还剩了一点！怎么样？"

岭上的天气阴晴不定。天气好时，我便出去走走；下起大雨，我便逃回来和老板聊天。有时，只听得一声尖叫，阿多不期而至。老板是个沉默寡言的人。他不愿旁人知道他。他只想独自默默地过日子，他说这是他最大的幸福。（他问我能理解这种幸福吗？我说我很理解。我和他不一样，可是我理解。）他有个儿子，独立了，在巴黎工作。他对这房子不满意。他说卖主当时打了虚假广告，他已经将其告上法庭。他有足够的理据，他有必胜的信心。然后他打算搬去巴黎开饭店，大约两个月以后。厨师是他的老本行。

他问我要不要咖啡。我要。喝完该得付账。什么？太客气了！咖啡不要钱。

临走的那个傍晚，我冒着细雨在旅馆外边拍照。老板跑来叫我吃饭，见我喜欢拍照，便说，旅馆顶楼有个房间，窗口正对着高山，煞是壮观，不妨去看看。

他带我去那个房间。拉开窗帘，我恍然面对舞台。只见几乎挤破窗框的高山，下面是如梦似幻的方格子田野和几栋玩具似的村屋。云雾奔腾而过，将高山和田野拦腰截断。我不禁想，那长长的云阵里，也许充斥着无声的呼喊？又或许，只是怀揣着飞驰的欲望？它如此决绝地奔向使它消散的山谷，所到之处，在人类的心中播下种子，教人也渴望飞驰，却昏昏然不知所由，不知所往……

回到阴暗的饭厅，他给我端来晚餐，便出去了，留下我一人吃着。忽听得门口传来阵阵尖厉的嗥叫，我顿时毛骨悚然。惊慌之际，老板抱着一把吉他，得意洋洋地领着阿多过来，说："听见阿多唱歌了吗？"

"原来是……"

"我弹，他唱，听吧。"他说着，弹起吉他。阿多向天伸长了脖颈，"呜——呜——"地呼啸起来……

第二天，吃完早饭，再过不多时候车便要来了。老板说："我再唱支送朋友的歌与你道别吧。"于是坐上桌子，边弹边唱。阿多大概知道这回轮不到它唱，耷拉着耳朵不情愿地待在一边。还有那条十五岁的老狗，依旧像一团毛线似的伏在地上。老板忧郁的眼神，仿佛在梦里重逢故人……

……我久已下定决心，要将鸟栖岭的风景记录下来，然而所有的细节早已混成一片。早晨，白云如神仙的大笔涂抹着群山，几粒飞鸟穿越而出；傍晚，乌云卷着山岭一同翻滚，吞吐着太阳的光芒，内中夹杂着飞鸟几粒。时而云气揉弄着村庄和古树，时而村庄和古树揉弄着云气。昏黑的雨阵里，几匹马啃着草；雨后清朗的草地上，又多了几群马。简易的车站，唯独为我暂停的古老的黄色小火车，通常它只是尖叫着飞驰而过。在鸟栖岭这方寸之地，这盘山路的最高点，在这群山汇聚之处，一切尽在飞驰，甚而来不及留下爪印……

还有两个黑点，两个渺小的人，暂聚之后，行将告辞。其中一个即将投身于这个飞驰的行列；另一个，至多再左顾右盼一会，也将投身于其中。

"多谢光顾，"老板忽然拿出法国式客套，微笑着招招手，

"请您慢走，欢迎下次再来。"

　"下次再来？"我有些发愣。

　岂不知，在鸟栖岭，一切飘忽如飞鸟，一切变幻如云雾……只有送往迎来的客店老板，以为自己不在旅途。

（背景：2013 年 9 月 28—30 日，比利牛斯山脉）

2015 年 1 月 27 日于巴黎郊外塞尔吉

（原载 2016 年 3 月 9 日《新民晚报·夜光杯》）

沼泽

红泥点点

祖先的篆字

如春水涟涟

却音销义沉

在大哀中心死

笔底文章

一群眉眼模糊的泥偶

冷雨之夜

化作一滩沼泽

颓然天地之间

无由索解

2013 年 12 月 14 日于巴黎郊外塞尔吉

金光

一痕金光刻在树干上，仿佛神灵设下的路标。

向前？夜色已经涨起，淹没了密密匝匝的枝柯。风起，枝条颤动：我想象，在那灰黑之境，会有众生来拥抱我。

然而我犹豫，不敢前行。

我没有下决心前行，但是我向前了。那密密匝匝的枝柯让出一条小径。它们没有拥抱我。

它们只是围观，时而簌簌招呼几声。

一点灯火，仿佛远在天边。

枝柯摇曳，搅拌着阴影，却总是难以拌匀。层层树叶在我的脚底骚动。左右都是路，我却直追灯火而去。

灯火使我眼迷离。但我还能分辨出向我招手的树枝，还有脚下的树叶……

灯光近了。我欣喜：黑暗已将我吐出，送给光明。回首来路，已不复能看清，那不惹人爱的灰黑之境——我试图分辨出每一种浓淡不一的灰黑，却终告徒劳。

我终于踏上金光大道。光焰使我欣喜，令我迷醉：我终于踏上了金光大道，不需再审视每一片承载我的落叶，不需再回答每一根招呼我的枝条，亦不需再辨认灰黑之间每一种不同的灰与黑。时光如风如电，驰骋在一马平川，从此不复遭遇坎坷。我逢人便说：我总是心向光明，而今终成正果。

或许，这才是真正的陷阱？

2014 年 2 月 21 日改定于巴黎郊外塞尔吉

断章

古罗马剧场

里昂旧城的山坡上，并排躺着一大一小两个古罗马剧场。

它们早已残破不全。高高低低的断垣，经历了烟火焚燎，一片乌黑。

断垣顶上，悠然歇着片片白雪。它们随遇而安，沿着残墙的脉络屈伸顿挫，宛如一幅《瘗鹤铭》的拓片。

剧场一侧，聚着几排刻有拉丁字母铭文的方石。那是理性的结晶，而今却布满了自然的文章：古碑上不仅裂罅纵横，且残断而不成方圆。

罗马的先贤没有接受自然的启示。

罗马的废墟上，自然依旧启示着。

无人作证

清晨，我独自漫步在卢森堡要塞高高的城墙之上。除了脚下被幽黄的路灯照亮的一段，其余尽为浓雾和夜色所笼罩。

少顷，晨曦化开了少许雾气。路灯所照不到的一切，呈现出神秘的紫蓝色。房舍、教堂的白墙隐隐显现，又似在晨雾里溶化。轻风徐来，无声无息，却以卢森堡的秋天那独有的清冷沁人心脾。

没有一个过客。城中的一切静谧安详，犹在梦乡。

或许我也在梦乡，谁知道呢？我所见的这些，无人作证。

意大利的秋天

我在渐渐熟悉的希腊撞见了已经熟悉的意大利。

我没有想到，让希腊人引以为豪的科孚古城竟是一座完完全全的意大利城市。步入古城，我惊愕，一如他乡遇故知。

去年秋天，我在意大利。

曾经觉得，意大利的秋天不如德奥的秋天那么绚烂，树叶不经变红变黄，便纷纷落尽。如今想来，这无华的草木倒是别有趣味。布满了青苔的石板路，古色苍然的砖瓦民屋，千回百转的台阶和小巷，揉成了意大利中部的座座古朴山城。

黎巴嫩小餐馆

深夜的黎巴嫩小餐馆。我闻着迷人的香气，恋恋不舍地喝干一杯茶。

我问自己：再来一杯？

老板端来第二杯："送给你。"

塞萨洛尼基

踏平了色雷斯，波斯大军还在向西行进。希罗多德说，

薛西斯运河屡掘屡塌，终于掘通。到我的时代，它早又淤塞
得了无痕迹。舰队绕过锡索尼亚半岛和卡桑德拉半岛。这些
地方，如今以游人蚁聚的沙滩，以及隐现于松林的红顶房子
而闻名，迎来全世界的"睡客"。波斯的浩浩大军征服了许
多市镇，便从这里经过，到塞萨洛尼基的大海港里集合去了。

如今的塞萨洛尼基，从海上望去，是白乎乎的一片房屋，
依着山势上升。房屋没有什么特色，方方正正，都是六七层
的模样。沿海港一线是宽阔的景观大道，道旁是许多咖啡馆
和酒吧。

两个希腊

皮尔戈斯可不是一般地荒凉。从汽车站出来，一路尽是
些关门大吉的店铺。一座座楼房死气沉沉，也不见有人进出。
离车站最近的是一家门面不小的旅馆，我推门进去，惊醒了
前台打着瞌睡的老板。老板开给我一间三十五欧元一夜的单
人房，继续打瞌睡去了。

放下包袱，稍稍休息一下，我回到汽车站，乘车去奥林
匹亚。

那奥林匹亚真是何等地喧闹啊！我顿时恍然：就这么
二十公里，便是古典希腊和现代希腊的距离。奥林匹亚小镇
的商店街充斥着各国游客，而两旁的店铺都修葺一新，红火
异常。在这里，一顿早餐的价格比得上圣托里尼岛。公交车

站上停满了旅游大巴。烈日下，奥林匹亚遗迹的售票窗口前排起了现代希腊罕见的长队，耐烦的游客们用各国语言议论着、期待着，手里翻着各国语言的厚厚的导游书，我想，那上面竟没有皮尔戈斯吗……

斯拉沃尼采小镇

辣肉和着酒下肚，烧得我浑身发热。小酒馆里人声鼎沸，乡村老汉们欢笑，碰杯，欢腾如火中的干柴。

我推开酒馆的门，一缕凉风迫不及待地溜了进来。

来到小镇广场的中央，找一张长凳坐下。静谧的广场在澄澈的月光下，恍如一潭清水，倒映着行人的足音，游子的旧梦。广场那头，一环小屋簇拥着古教堂，小屋的廊下，两三个无事的学生，喝醉了酒，正嬉笑打闹。他们背后，柔软的灯光掺着月华，洒向朴实的白色塔楼，将它妆成一个幽灵。

（背景：《古罗马剧场》，2010年1月14日，法国里昂；《无人作证》，2009年10月24日，卢森堡；《意大利的秋天》，2011年7月19—22日，希腊科孚岛；《塞萨洛尼基》，2011年3—8月，希腊塞萨洛尼基；《两个希腊》，2011年8月18日，希腊皮尔戈斯、奥林匹亚；《斯拉沃尼采小镇》，2014年3月29日，捷克斯拉沃尼采）

2010年1月24日于斯特拉斯堡（《古罗马剧场》）

2011年6月15日前（《无人作证》）

7 月 26 日于莱斯沃斯岛（《意大利的秋天》）

8 月 11 日于塞萨洛尼基（《黎巴嫩小餐馆》）

2012 年 5 月 29 日前（《塞萨洛尼基》《两个希腊》）

2015 年 6 月 10 日前（《斯拉沃尼采小镇》）

（前四节原载 2016 年 9 月 22 日《新民晚报·夜光杯》，后三节
为此次结集时增补）

秦观在挪威

车钻出隧道，一排细雨轻叩车窗，面前一路银灰色的水，对岸一排明灭的大山。过一座桥，盘旋而下，随后沿着江岸缓缓向前，一侧靠着陡崖，另一侧是开阔的水面，对岸的山仿佛溶化在云中。车轮离水很近，看得见雨在水面踩出一环一环的脚印。汹涌的激流畔，吃饱了水的灌木和野草随风劲舞。枯枝、细叶时而从灌木身上脱落，浮泛而去。

我不觉心动，唱起秦观的词："时时横短笛——清风皓月相与忘形——任人笑生涯泛梗飘萍——"

然而海腥味跟着冷风从车窗缝里钻进来。这不是江，是海。

秦观写的分明是雨过天青的夜景："……夜深玉露初零。雾天空阔，云淡楚江清。独棹孤篷小艇，悠悠过、烟渚沙汀。金钩细，丝轮慢卷，牵动一潭星。"想当年，我也曾漫步于舣舟亭畔，面对秦观乃师苏学士的遗迹，清风朗月，潭平水静，其意境和此词差相仿佛。当时也曾思及这首词，但其感慨竟不比如今在遥远的"蛮夷"之邦，在阴云笼罩的哈尔当厄峡湾之畔。何其怪哉！

吹笛之人，仿佛在遥远的云边。笛声起处，夜色融洩，阴云消散。于是上升，与清风皓月归一；于是下降，与流水飘萍共逝。云山四合的峡湾，虚旷如夜空，清冷如澄江，恍然一人，孤立世外。

何谓生涯？生本有涯。生涯熹微，如远山明灭。

（背景：2011 年 10 月 30 日，江苏常州；2015 年 9 月 25 日，挪威哈尔当厄峡湾）

2017 年 7 月 16 日改定于巴黎郊外阿尔帕容

未完成的世界

冰岛，一片未筑成的地面。盘古开天辟地以后，为了让幼子学习建造地球，听凭他在这里做实验。看看那些建材，乌黑的、猩红的、深灰的、浅褐的……或摞成堆，或横七竖八地躺在原野上。他时而整出一片平地，铺上些苔藓和草皮；时而不满于先前所创，信手涂抹，喷涌几坨熔岩——那是他的颜料——以覆盖之前挖好的泉池；或一气之下，倾注一股怒涛，冲碎刚刚砌成的石垒……

于是美洲大陆和亚欧大陆之间冒出一片奇特的未完成的世界，堆满了岩石般的水流，奔腾着水流般的岩石，湖中耸起火山，火山口里却盛着水。两个大陆板块被用蛮力拽到一起，勉强接上，却到处都是扯破的裂缝，到处都在漏气……

譬如古代的皇帝赏赐一块土地给宠坏的王子，纵他寻欢，盘古或许也难以免俗？也许他以为，如此一个孤悬海外的荒岛弄个天翻地覆又有何妨，岂料这娇儿愈发猖狂，随便就把颜料溅得一天世界，连累得欧洲大陆都尘灰庇空，好几天开不了飞机？

渺小的生物适宜在此暂栖。这里没有参天大树，多的是青苔、野花、人和鸟。只有他们才能厌足于沙土中一点一滴的养分，在低矮的灌木丛中躲避风雨，将险峻的山脊视为宽阔的大道，在逼仄的地缝中快意行舟，手足并用地爬过滚滚熔岩而不被绊倒。唯独建造房屋是个难题，都怪盘古的儿子把土地折腾得体无完肤，既没有大块的木头，岩石又太多孔穴。幸好海边时常狂风大作，人们总有机会收获搁浅的船只，拆下船板建屋，连船上的旅客一并没收，充当邻里。风扫过无尽的荒野，渺小的生物在这未完成的世界一角栖息，享受着渺小带来的自在。

（背景：2016 年 7 月 7—20 日，冰岛）

2017 年 3 月 30 日于沪上北斋

（原载 2017 年 6 月 27 日《新民晚报·夜光杯》）

在欧洲看足球

欧洲人都爱看足球。

有一同学，在罗马火车站被偷了钱包，急急忙忙去找值班警察，只见数名警察挤成一堆，其中一个对他嚷道："我们正忙着呢，没空管这点小事！"那同学定睛一看，原来警察们都在看足球。

另一同学说，那些天希腊的塞萨洛尼基罢工游行正酣，她来到一家酒吧，刚想进去，却见门口一群虎背熊腰的警察正挥着拳头大声吆喝，她大为恐慌。后来看他们怒气稍稍平复，才放大胆子走进去，这才知道，这帮警察正在看酒吧电视里的足球赛。

2010年南非世界杯进入最后决战的那几天，我正在北欧旅行。青年旅舍的休息厅里有个小电视机，7月11日季军赛（德国对乌拉圭）那晚，我进休息厅的时候，刚刚开赛。只见七八个南美大汉，显然是支持乌拉圭队的，占着前两排，一人一罐啤酒，挥舞拳头，猛拍桌子，喊杀声震天。

过了约莫一刻钟工夫，进来三个标致的德国女生，看着那帮手舞足蹈的粗壮男人，显然有几分害怕，悄悄地坐到了第三排。南美大汉全神贯注，只是顾自助威呐喊。

忽然，乌拉圭队进了一球！南美帮兴奋至极，大声喝起彩来。但刚喝出半声，忽听得背后"啊"的一声惊呼，便都吓了一跳，不约而同地回头，眼见三个德国美女失望的可怜相，遂不好意思地笑了笑，举起的拳头从半空中落了下来，就此全部哑了火。

而最震撼的一幕是在 2016 年 7 月 10 日法国欧洲杯决赛（葡萄牙对法国），冰岛一处露营地附近的小酒吧里挤了有百来人，基本上都是当地民众。这座临时搭建的季节性棚屋里，老板满面红光，老乡们举杯畅饮，齐齐为葡萄牙呐喊（因为冰岛队遭法国队淘汰），热情之高，犹如几公里外的间歇泉。那场比赛法国队狂轰滥炸却终不进球，一定是给这群冰岛老球迷吓着了，我敢说全世界的解说员都不知道这个秘密。最后葡萄牙逆境翻盘夺魁，众人得偿所愿，全场欢庆……我离开，漫步在天地之间，晚风吹散了酒意。回首望去，山下苔藓遍布的荒原中央，那个小小的白色长方体似乎就是人类的全部，而欢呼声已不复可闻。

（背景：2010 年 7 月 11 日，挪威卑尔根；2016 年 7 月 10 日，冰岛间歇泉附近）

2012 年 2 月 7 日于沪上北斋

2022 年 4 月增补改定于北京

（除末段外，原载 2018 年 6 月 25 日《新民晚报·夜光杯》）

涛

涛声金石

在陆地的犄角

炫耀高山的形状

肩连肩是移动的山

迎向石壁嶙峋

轰然迸散

飘零

乘风飞翔

眼中流过金光

坠入崖底回旋的涡流

在遐思中失落

九曲回肠

荡漾

遥想那

巍巍海岬

黑洞般的身形

是自己曾经的高度

是坚固的往事

密不透光

遗忘

在沟壑

肌肤的沟壑

是流水神秘的碑文

悄然爬满石身

断续隐现

是我

还是他

（背景：2016 年 12 月 26 日，法国贝勒岛）

2018 年 5 月 19 日改定于沪上北斋

足迹

人生到处知何似？应似飞鸿踏雪泥。

——苏轼《和子由渑池怀旧》

湖面上浮着大片的薄冰，轻盈的细雪覆盖在冰面上，如淡淡的的疏影婆娑。一行蹼印歪歪扭扭地点过薄冰，拐一个弯，隐没在湖心青灰色的柔波里。

这是野鸭的足迹，有只野鸭路过。我目送曾经的野鸭，却不能跟随它的脚步。

眼底是人的鞋印。沿着湖岸，分开野树，登上山坡，绕过巉岩，一步，一步，我尾随曾经的过客。我想象他的容貌，却仿佛听见声音。我倾听他的声音，一切已寂灭于无形。漫天飞舞的雪，要掩藏前人的足印。我踩深前人的足印，想象后人的跟随。

湖中的薄冰和积雪在融化，深深浅浅，圈圈点点，是太极八卦，还是河图洛书？鸭子时而踩穿一片冰，天设的图案便破了一个洞。它不理会，径自腾身飞远，只留下一行蹼印，一朵，一朵，参与天地的造化。

人亦如此。或伐木凿石，或铺路叠桥，或把松软的土踩得坚实，或在柔滑的积雪表面留下一个个坑。只是，当新雪抹淡了这些脚印，后人便执拗地把它们踩得更深。人便是这样在陌生的环境里前进，也便是这样圈出新的疆土。

这从此是人的领地，是人类的"保护区"。雪地里的两行履历便是凭证。这履历成了路，如同秦皇的驰道，罗马的阿庇安大道，但凡锋芒所及，便是文明的范围。"请唯独带走照片，请单单留下脚印"——国家公园的标牌上如是写，初看仿佛保护自然的呼声，实乃占领天下的秘诀。

野鸭从山后飞回，潸然飘落冰上，一摇一摆，又踩出一条新的痕迹。且看湖中那纵横交错、任意随心的线条，乃是迥异于人类地图的另一个世界。

（背景：2017 年 1 月 5 日，克罗地亚普利特维采湖群）

2017 年 5 月 13 日于巴黎郊外阿尔帕容
（原载 2017 年 5 月 29 日《新民晚报·夜光杯》）

摩尔达维亚之梦

到雅西去

从罗马尼亚首都布加勒斯特开往雅西的班车，是一辆小小的面包车，大概不到二十个座位。司机师傅是个手脚细长的壮小伙，坐上小小的驾驶座，那个座位连同方向盘都抖了几抖。

出城不多久，上来一个胖老汉坐在我身旁，我感到我的座位也抖了几抖。

车颠簸了两小时光景，停下休息。司机抽支烟，乘客们下来活动活动筋骨。

"你还好吗？"司机热情地用英语问我。"还好。"我答道。客观地说，当然不怎么好。罗马尼亚很少高速路，虽然是全国最大的两个城市之间，路况也不佳，因此一路颠簸。加之车中暑热难当，座位狭小，虽个个汗流浃背，还得像好兄弟一样相依相偎。然而，入乡随俗，老乡们都如此，我一介外人，岂望更多。

车重新上路，身边的老汉开始和我攀谈。试说了几句英语，他说着吃力，想说罗马尼亚语，我听不懂；我想说法语，他听不懂，又试着用希腊语互通了一下名姓。司机小伙认得他，

228

用英语简短介绍了几句,加上老汉自己的手舞足蹈加上蹩脚的……语,到底让我明白了他平时住在塞浦路斯,千里迢迢地回老家,是因为女儿要嫁人。兴高采烈的老汉,手里还提着两袋礼物,好像是酒和点心。

他兴致渐高,掏出一小瓶烧酒喝起来。接着越说兴致越高,越听不明白。司机师傅得空便回过头来,开玩笑地拍拍他,别的老乡也笑他。我却有些气恼,想他顾自喝得一身酒气,也不分点与我喝。从岔道或村子里,时时可见老乡坐在几匹马拉的干草车上,跑上马路来,与我们同行。

七个小时的颠簸,我到了雅西,摩尔达维亚的首府。

普罗波塔

颠簸的老旧火车上,一热心的当地女学生见我对她的家乡感兴趣,颇想施以援手,于是用英语和我交谈:

"你去哪儿?我帮你问问还有多远。"

"普罗波塔。"

她表示没有听说过此地,于是问列车员。列车员同样一脸茫然。

"普罗波塔?没听说过……"

过了几分钟,火车停在一个山野小站,只有一栋荒弃的小白屋,还有一面锈迹斑斑的蓝色站牌,上写"普罗波塔"。

"还真有这站……"列车员嘀咕着打开车门,"你到了。"

我下车，四望都是起伏的山坡和田野。修道院该在村庄里，那么村庄呢？在山坡背面吧。我登上山坡，远近不见人影，只有牛马。从坡下，一个神情忧郁的大伯坐在干草车上，驾着几匹气喘吁吁的马蜿蜒而上，我连忙闪到路边，他看了看我，一言不发地过去了。我尾随着他，不一会便来到一座稀松平常的小村，鸡犬相闻，邻里絮语，仿佛千百年来一直如此，见到我时，仿佛略感稀奇。休说是游客中心、纪念品商店，连有关修道院的路标都没有，这里真会有一座艺术殿堂吗？我听凭感觉前行。村子虽不大，沿着坡脊而建，山林掩映之间，却也望不见头。来到一个丁字路口，我左顾右盼，仍然不见修道院的踪影。

迟疑之际，只听见背后嗒嗒声，下意识地回头，原来就是方才那个大伯驾着马车来了。他顿时半立起来，手势夸张地往左又挥又戳。我便点点头，不复迟疑地朝左而去。只见村子尽头，高墙背后，修道院那神圣而优雅的轮廓蓦然现形，几乎从天而降。

那是一圈近乎正方形的防御墙，就此围出一片净土。在这摩尔达维亚地区，村镇俭素而慵懒，城市不修边幅，不求舒适，唯教堂与修院极为讲究，不计大小，不论新旧，莫不修葺精良，纤尘不染，庭院花草，回廊小径，莫不悉心经营。在这普罗波塔小村，方形围墙内外，正是两片迥异的世界。在本地诸多以外墙壁画著称的修院之中，这一座壁画剥落较甚，因而并不算出名，我也成了唯一的访客。但也正因此，它仿佛脱离了纷纭世相，而纯洁得出类拔萃……

待我回到车站，列车还得等许久才来。我正孤身一人凝神于这结满蛛网的小白屋，忽闻嗒嗒声又远远来至。这一回是下坡，干草也卸去许多，马跑得分外轻快。大伯看到我，勒住丝缰，吹个口哨，欢快地挥一挥手，我也挥一挥手。马车越过铁轨，扬长而去。

另一个梦

犹记得几年前，我从巴黎乘长途汽车二十余小时，来到斯洛伐克的特伦钦小城。满车的斯洛伐克父老乡亲提醒我："特伦钦！特伦钦！"于是我独自下了车，面对一个三角形的市镇广场，犹如一个精致的舞台，我不是剧中的角色，甚而貌似格格不入，却准备阑入其中……待我在斯洛伐克游历一星期余，重回特伦钦时，这已是一座熟悉的舞台，我仍将由此登车返回巴黎。车缓缓来到面前，还是那个司机，下车点数乘客，高兴地见到我还在那里。（也许以为我一直待在特伦钦？）他问我，像问一个乡亲："Dobre?"（你好吗？）我答曰："Dobre!"（好！）心里暗地庆幸，因为我只会说这个词。暗号对上，他便满意地送我回程了。

这里的旅行，断然不似西欧。在旅游业异常发达的西欧，去游览一个古镇，一座教堂，远远地就有一式的指示牌接踵而至，然后是游客中心，卖明信片、纪念品的小店……犹如仪仗队前呼后拥，令人未见其貌，先闻其声。一进游客中心，但见大小旅游景点如一个个产品，包装精良，成分、性能的介绍亦极为明确，而一切时时刻刻地提醒你，你是游客。在东欧的许多地方，仿佛没有游客这种身份，要么老乡，要么外人。而那些没有前因后果，不提防间蓦然闪现的一幕又一幕美景，一个又一个老乡，一场又一场意会，正是东欧的山乡里独有的梦境。

（背景：2017年6月29日、7月1日，罗马尼亚雅西、普罗波塔；2015年2月5日、13日，斯洛伐克特伦钦）

2022年5月3日改定于北京

天使之眼

深山里的莫尼奥古村阒无人声。木屋们的主人大概追逐地中海的海风去了。积雪沉沉地压在石砌的屋顶上。除了进村的主干道上有车轮辗过的痕迹,一切都像宾馆里精心收拾过的房间,雪白的被褥光洁如新,迎候着贵客们的光临。

村后有一个奇特的小教堂,身子是圆筒状的,顶是一个圆形的斜面,上头十分平整地铺了一层厚厚的雪,只留下中间一道直缝将雪面劈成两个完美的半圆,远远望去就像一个雪白的直纹螺丝钉。

通向教堂大门的台阶上,齐膝深的雪里有几只含混不清的脚印。

推开沉重的教堂大门,我仿佛钻进了一头巨兽的肚子。顶上的积雪反射出些许幽光,可以分辨出墙上的耶稣和肋骨似的顶梁。我试图摸到一个灯开关,以照亮这个幽暗的腹腔,然而并没有灯。

我钻出教堂。只见村口新停了一辆车,下来一个人,熟门熟路地直冲进教堂去,不一会儿又钻了出来。

"你来得不是时候,"他满脸遗憾地对我说,"照建筑师的构思,教堂里不装灯,全靠天光从顶上的那面玻璃射进去,

233

以此营造一种天堂的感觉。可是现在效果全没了，真是非常、非常地令人失望！"他摇着头说道。

"我完全理解，教堂里面很黑，就是顶上有积雪的缘故。"

"我是建筑师的朋友，特地来看看它怎么样了。太令人失望了！那些清洁工真是不负责任！你还是夏天再来吧，那时你会看到美丽的天堂。"

我在村里碰见的唯一的人这么说，宛如我是邻村人一样，然后叹着气，跳上车扬长而去。

然而我不为没有看到天堂而失望。在这个白雪自由生长、人迹罕至的季节里，莫尼奥小教堂在沉睡。教堂顶上圆满无缺、纯洁无瑕的雪盘，中间一道细缝——正是一只合上的天使之眼。在这座大山深处的乡村里，人类已悄然离去，他们的保护神也跟着下了班，把自己生活的园地拱手让给了白雪，任它自由繁衍生息，直到春天来临。

（背景：2017 年 12 月 18 日，瑞士莫尼奥）

2017 年 12 月 28 日于巴黎郊外阿尔帕容
（原载 2018 年 10 月 27 日《新民晚报·夜光杯》）

芬兰的秘密

　　一片森林一片湖，一片森林一片湖……九小时的夜火车，却是内外通明：正是极昼时节，外头也不很暗，车厢里还亮着灯。"千湖之国"，何其诱人……然而一宿未眠，看了十余个湖，却已觉千篇一律。

　　天下岂有平淡之邦，芬兰或恐另有秘密？

　　再访芬兰，是冬春之际。

　　天寒地冻，朔风吹雪。此时才出极夜不久，一天只有四个小时白昼，阳光柔弱不济，仿佛受了冰雪与森林的双重打击而垂头丧气。

　　这却是仰观天象的好时节。选一个无云之夜，找一片城郊的河滩，远离灯火之处，独对繁星，守候极光——当地人谓之看火狐跳舞。芬兰地势低平，河滩上尽可眼观八方，都无障碍。跟旅行团自有好处，可以生起篝火，教四个人向着四面分头守候，人多时还可轮岗，还可闲话，以免无聊。然而火狐既非人间之物，想来不会因人多势众便多给些面子。而今独自蹲守，天宇何其广袤，必须不停转圈，一则热身御寒，二则避免错失狐仙之踪。一个时辰过去，但见北斗七星渐渐地变了方位，另一边落下几颗流星，方悟古人所谓斗转星移，原来如此。颈酸目眩之际，恍惚间天顶隐隐开始变色，初以为幻觉，继而色彩渐趋明亮，犹如天上的鬼火——是火狐来了！

火狐是绿的，大尾巴在天上扫来扫去。有时慢，有时快，时而抖一抖，时而转个圈……

约莫半小时光景，火狐跳跳地走了。雪夜苦寒如故。夜已深，我步行回旅馆。路灯照着路面亮晶晶的雪粒，我背包里的果汁已经结冰。

那是一套小公寓，在一栋居民楼里。推门开灯，暖气与柔光，温雅的布置……何等的抚慰！只有经历过冬日芬兰的漫漫长夜和严冰酷雪，才能顿悟这种温柔之为抗争的含义：那是在尽力地弥补外界的缺憾，更是向恶劣的自然环境宣战。公寓如此，学校如此，商店如此，车站亦如此……

芬兰建筑大师阿尔托的作品更是此中精灵。其遍布芬兰的大城小镇，守候在行人的意料之外……当行人蹒跚于厚厚的积雪之中，在漫长而冷酷的黑夜中怛然心伤，蓦然透过森林般的窗棂，窥见星星点点的灯火，欣喜于其中玲珑剔透的境界，凄凉之感一扫而空，应知当年阿尔托之梦想为普通人建造天堂，岂独梦想而已。

（背景：2010 年 7 月 21—22 日、2018 年 1 月 17—24 日，芬兰）

2022 年 4 月改定于北京

独此一人

"中国人口世界最多，在我的簿子上却一个中国人都没有，"冰岛某露营地的管理员大伯看着我登记姓名国籍，一边满足地说，"如今有了。"

这话似曾相识。在希腊塞萨洛尼基亚里士多德大学的食堂里，也曾有一个管饭桶的爽朗大叔跟我开玩笑："中国人那么——那么多，咱们食堂却只有你一个。"

不过总的说来，海外同胞毕竟红火，中餐馆遍布欧洲的角角落落。无论是北冰洋畔的挪威小镇，还是比利牛斯山里的安道尔小村，一见那熟悉的红灯笼，一闻那熟悉的菜味，顿时就像是到了温州。真是人多势众。

在法国留学多年，我接触过来自欧洲各国的同学、老师，却不曾闻见一个北马其顿人……我想去北马其顿看看。来到一家大书店，想买一本导游手册，他国的应有尽有，唯北马其顿的遍寻不着，热心的书店伙计甚而不知北马其顿怎么拼写。

于是我去了北马其顿。

旅行并非一帆风顺。有市镇破败不堪，有修院不胜庄严。遭遇了当地罕见的寒潮和风雪，以至于奥赫里德的旅馆大妈为此深为遗憾。因为不识字而错过班车，或者南辕北辙。来到泰托沃的隐修团，还有一位白胡子苦修士，用英语夹着法语夹着……与我聊天，吃糖，合影，最后希望我在留言簿上写几句……

我在留言簿上写下仅有的两行汉字。

回到巴黎时，夜色已阑。飞机上下来的清一色是北马其顿人，人手一个免税店的购物袋，上面印着大幅金灿灿的北马其顿国旗，我也不例外。他们有的交谈，有的沉默。我们一路过海关，出机场。他们或去转机，或领行李，这支队伍不断减员，然而在航站楼接驳车上，国旗袋依然触目皆是。机场大巴上，依旧如此。待回到市区，一队国旗袋下了车，终于不可逆转地四散开去，各奔东西。我望着熟悉而又陌生的街景，冷风夹着潮气扑面而来，方才意识到已经置身巴黎。我手中的国旗袋仿佛显示着我的身份……

钻进地铁站，国旗袋只剩下三四个晃动在左右，很快便如同最后几颗盐，在这座大城市的旋涡中消散而去，终于又只剩我一人。我徘徊顾望，怅然良久。

直到今天，我还时时为那一晚心潮难平。是的，我见过了那群此前未曾听说的人，还曾手持北马其顿国旗购物袋穿过喧嚣的巴黎，心中暗自封为那个国度派来的唯一使者。

（背景：2019 年 1 月 27 日—2 月 3 日，北马其顿）

2022 年 4 月改定于北京

起名

节日，陕北的小山村，成群结队的游客。

"我们可是从山西开了八个小时的车，特地来的！"一个游客跟老乡攀谈。

"现在不收门票，先让你们大家都来看，好看，回去做个宣传，这比打多少广告都管用！"老乡乐呵呵地答道。

景区门口，形形色色的小摊已经开始摆起，连黑黑的长沙臭豆腐也来了！原本去城里打工的老乡都回了家，把老房子翻新了，扩建了，开了民宿。

景区的另一头，有一个小湖，在周围赭红土黄的岩层映照下，不红不绿，不紫不黄。湖畔，两个老乡在指点江山。一个对另一个说：

"这个湖边上可以开些饭馆、酒家……这个湖嘛，先得起个名字！"

起名字可是个要紧的问题。子曰，名不正则言不顺，言不顺则事不成。没有名字，怎能叫作景点？没有景点，又怎能叫作景区？

一些景点已经有了名字："龙吟峡""凤鸣山""老君岩""仙女峰"……"一线天"到处都有，这里总不能例外吧？

只差还没有编出几个类似于牛郎织女的传说供导游背诵了。

更有甚者，有些人觉得还应该沾点洋气，于是号称这是"中国最像科罗拉多大峡谷的地方"！

广大游客也在帮着起名。那些来玩的大叔大婶，小弟小妹，阿婆阿爷，一边逛，一边指点江山：

"看这些石头怪不怪，像一只只花卷！"

"哇！千层饼！"

"看看这些，你说像不像面条？"

"这里全是面疙瘩，一坨一坨……"

岂不闻"民以食为天"，龙凤麒麟、老君仙女哪儿比得上花卷大饼、疙瘩面条实惠？与其亦步亦趋地学几个"龙吟峡""一线天"，又何如就叫作"花卷岩""千层山""面条坡""疙瘩滩"？漫山遍野都恍然可食，上足以凸显华夏文明五千年饮食文化之深厚积淀，中足以见得本地物产丰饶、百姓安居乐业，下足以教广大游客远闻则歆羡，近观则垂涎，甚而便于开发娱乐项目，比如在花卷岩畔嚼花卷，在面条坡上吃面条，岂不快哉！

至于那个湖，或者就叫"酸辣汤"好了？

（背景：2017 年 10 月 3 日，陕北某地）

2018 年 8 月 10 日改定于巴黎郊外阿尔帕容

回归

　　心静如水。某中学初一某班的教室里，窗明几净，凉风拂面。我在海外飘荡九年，终于回来了，感到无比踏实。老子曰："其出弥远，其知弥少。"我是大四毕业出国的，出国一年降一级，出国九年，屈指算来，回国该上初一。我当初是从该中学毕业的，自然还是回母校念书。

　　等我从万里之外经历重重关卡赶回母校，开学已经四天了。还没来得及认一认同学和老师，两张数学考卷便飘然降落在我面前。"摸底考试。"年轻、瘦削的男老师告诉我。

　　摸底？肯定不会太难……我应该都学过。我可比他们整整大了十八岁，不管怎么说，总该多会一点吧……

　　时间不多了……我还在端详着这些数字发愁：519，89，277，142，334，856……最后一个小方格，是给我填答案的。可是该怎么算……全加起来吗？还是推算接下来的那个数？下面还有许多行数字，每行六个，每行末都是一个方格。怎么办？我左看右看，横看竖看，正看倒看，心中的一潭明镜早就搅成了泥浆，起初的自信荡然无存。老天啊，这究竟想告诉我什么？

　　然而我的双眼渐渐发酸，开始迷糊了。那就全加起来算了，我想。我飞快地做起心算来，忽然觉得自己还挺聪明，又有些洋洋得意。但是铃声如晴天霹雳，老师来收卷子了。

"老师……"我恋恋不舍地目送卷子离去，羞愧地说，"这些题目，我全看不懂……"

"正常的，"三十多岁的男老师瞟了我一眼，"你刚从国外回来嘛。"

他利索地收完试卷，进了办公室，我也跟了进去。

"老师，这些题到底是计算题，还是分析题，还是……"

"干扰题。"老师用两根指头将眼镜一推。我仿佛觉得他有些得意。

"干扰题？"

"就是告诉你大堆的信息，让你摸不着头脑。可你要是真明白了是怎么回事，那也许不过是做一个三位数加法那么简单。"

"这……"

"你会懂的。"

"还有，语文课本怎么办呢？"

"语文课本，你得抓紧去买。第一课已经开始上了。"说着，他找出一本书，递给我看。黄色封面，蓝衣服的小朋友，我记住了。

我环顾四周，忽然一阵心动，忍不住道："老师，我原来就是从这里毕业的。如今十八年过去，我所熟悉的一切都不见了。我一个老师也不认识，更别说……"

"可以理解，可以理解……"老师不等我说完，急忙表示同情。

恰在此时，从门口进来一人。这不是我的老朋友阿林吗？"是你……"他仿佛有些不知所措。"你是……"我也茫然不知所云。

我们以拥抱代替语言。

"你们认识？"老师问。

"你怎么来了……"阿林问我。

"回来了，照例上初一。"

"哦，不打算出去了？"

"也不好说。读两年再出去，也有可能。"

"那你回国是想……"

"就是想在国内待上一两年，没别的。"

"哦，对了，姜老师帮我们照个合影吧。"阿林对老师说。

"我也想照！"姜老师说。他快步走到门边，那儿坐着一个女老师，早明白是怎么回事了。于是，姜老师往太师椅里潇洒地一倒，哗地一咧嘴。我挺挺身子，努力地想微笑，却只是板了板脸。阿林扶着我的椅子，瞪一瞪眼。咔嚓。咔嚓。相机放下，每个人的表情像解冻的肉一样恢复鲜活。

阿林为什么还在那里，而且跟十八年前没什么区别？是和我一样倒缩了么？他明明没有出过国，何以也倒缩呢？而且那熟门熟路的模样，仿佛在中学扎了根，却既不像学生，又不像是老师。我总之不太明白，但从他的表情来看，似乎一切正常不过，似乎他本该在那里，我回到初一也的确是按惯例。除了我，谁都懂。问"为什么"，一定是一件极其古怪的事。我想，我唯独知道数学老师为什么姓姜，因为他的脸就像一截姜，干瘦而长，喜怒不形于色——尤其是出起题来老辣得很，"干扰题"！

老实说，黄封面、蓝衣服小朋友的语文书并不难找。但问题是每当我鼓起勇气问书店："黄封面、蓝衣服小朋友的语文书有吗？"店里大妈要么白我一眼说："什么东西！话也不会讲！"要么反问我："哼版还是哈版？"我答不上来，她们便懒得理我了。后来才知道诀窍，那不叫作黄封面、蓝衣服小朋友的语文书，那叫"哼版语文教材"。所有人都知道，只除了我。连这都不会说，那就是外星人。

走进语文课堂的那一刻，我茫然不知所措。教室里坐满了小朋友，仿佛并无立锥之地可以让我容身。老师慷慨激昂地在讲台上朗诵：

"啊！春天！你来吧，我期待你来把我拥抱！

啊！鲜花！盛开吧，我恳请你来将我迷醉！

啊！大地！……"

好在一个穿灰色运动衫的女生看到了我——她本来正趴在桌上打盹——招呼我说："这边，你的座在这边！"

顺着她手指的方向，我好容易看出来那里本该有个座。一个男生坐在两个座位中间，把我的座占了半边。他也趴在桌上打盹，没有看见我。

"啊！人性的冷漠！"语文老师激动地喊道，仿佛这也是朗诵的一部分。不过到底有人听出了其中的不对劲，那打盹的男孩也醒了。

"你看到人家过来却不让座！多么自私，多么冷漠啊！悲哀啊，悲哀！我们的心都是火热的，你的心却是冰冷的！"

那男孩睡眼蒙眬地给我腾出空位。这颗冰冷的心从此就是我的同桌了。

他见我也不问我名姓，仿佛早就认识我似的，我也不觉得他陌生。语文老师姓洪——激情如洪水，嗓音如洪钟，我不问就知道他姓洪。

洪老师继续朗诵自己的得意之作。我也顿觉昏昏然，和大家一样趴在桌上打起盹来。

2022 年 5 月 6 日改定于北京

邀游

各位居士：

　　我们相约在家修行，已经四月有余。我们每日端坐一隅，而神游异域，神游于自我的过去和未来，也神游于外语背后的异国他乡。

　　曾经有一个学了二十多门外语的朋友对我说，他很享受学外语的过程，尤其是每当初学一门外语，便恍然重回牙牙学语、无智无巧的岁月，那种返璞归真的感觉很温馨。那时，各种稀奇古怪的错误都可以容忍：可以五音不全，可以颠倒语序，也可以不知所云……老师、同学不但原谅你，而且鼓励你。各位成长得很迅速，一学期过后，长成了少年；又一学期，现在大约是青年了。等到即将步入壮年之时，或者步入壮年之后，一定还会有人想去另投新胎……

　　另投新胎，并不是循环往复，而是脱胎换骨：换一副身躯，换一种头脑，换一个境界，再活一回。做完自家方言的孩子，又做普通话的孩子，做英语的孩子，如今再做法语的孩子，将来或许还要做匈牙利语、老挝语、希伯来语、祖鲁语的孩子……做遍各家的孩子，还要做几家有智慧的成人，既无所拘泥，领会天下人各有生存智慧，又明白人同此心，心同此感。

倘若人人如此，则天下大同，庶几可望。

神游异国他乡，则有朝一日可望以身随之。"万里山川，拨烟霞而进影；百重寒暑，蹑霜雨而前踪。"（唐太宗《大唐三藏圣教序》）万里山川，何其广远，百重寒暑，何其悠长，一影一踪，轻于微尘，却一往无前，在时间与空间里，无远弗届。这是大唐留学僧玄奘的旅行，当学问已成，超越了天竺的众僧，便回归中土，潜心译经，神游于远古先贤的奥义之中。

身游也好，神游也罢，旅途之中，呼朋引类固然温馨，杖策孤征则愈加自由。或许，更理想的是，时时与万里之遥的旅伴有所感应，知道他也正在旅途。

愿我们时时感应于万里之遥。

北斋主人识

2020 年 7 月 3 日于北京

（背景：北京外国语大学法语学院 2020 年春季学期期末班会发言）

跋

本书包含随笔八十四篇，为我于过去十余年间点滴积累而成，其中三十三篇曾发表于《新民晚报·夜光杯》。那些年里，我一边修读外语专业，一边留学、游历，足迹及于日本及欧洲三十余国，以及国内诸多省份，包括台湾。游历途中，作为一介异乡人，每每亲历文明之碰撞，风景之诡谲，人心之异同，若有所悟，则作随笔以记之。多数为散文，间杂少量诗歌。所记异乡经历，不求全面，亦不望客观，而务在反映一介游子内心最强烈最真切的感悟。对各地区、各民族、各文化俱以同仁视之，无意褒贬，但记真人实事，以期体现人所共通的情性，同时辨析彼此间细微的差异。

我独自旅行始于日本，时为 2006 年 7 至 8 月。此后，2007 年 1 至 2 月，再游日本。同年 7 至 8 月，赴新竹清华大学交流。2008 年 7 至 8 月、2009 年 1 至 2 月，分别三游、四游日本。2009 年 7 至 8 月，再赴新庄辅仁大学交流。此数年间，又穿插若干国内旅行。2009 年 9 月，得欧盟伊拉斯谟奖学金，赴法国斯特拉斯堡大学留学，攻读硕士学位，遂开启欧洲之行。因该硕士项目为三国大学联合培养，2010 年 9 月至 2011 年 3 月，转赴意大利博洛尼亚大学学习，2011 年 3 至 8 月，再转希腊塞萨洛尼基亚里士多德大学学习，终获得三所大学颁发之硕士学位。归国一年后，2012 年 9 月，再赴法国巴黎第八大学攻读博士学位，2017 年 8 月，获得博士学位归国。留法五年间，踏访欧洲多国。2017 年 9 月起，成为北京外国语大学法语学院师资博士后，亦间或赴欧洲访学参观。2019 年 9 月起，正式效力于北京外国语大学法语学院，然此后因"新冠"疫情影响，未能再出国旅行。本书所收各篇，就是上述海内外旅行经历的雪泥鸿迹。

本书各篇的编排顺序，主要依据经历时间、写作时间、内容主题等三项因素综合考虑。首先，大略以各篇所涉经历时间（即文后所附"背景"）先后为序；时或有写作时间较经历时间更为重要的，或内容出于虚构、想象，或者泛泛而论，与具体经历关系不大者，则也酌情穿插调整；有时则考虑内容主题相近而适当归类。例如 2009 年赴欧洲之前，四次日本行、两次中国台湾行以及中国大陆之旅行在时间上交相穿插，如果拘泥于经历时间或写作时间先后，则内容主题势将凌乱，因此适当归类，先叙日本见闻，次叙中国台湾见闻，次叙中国大陆见闻，而内部则仍依经历时间或写作时间先后。又如《重逢》与《玛丽－皮埃尔》两篇，所述经历相差三年多，写作时间也隔了两年，但所涉人事则前后相续，故令《玛丽－皮埃尔》紧随《重逢》之后。另外，有些篇目的写作时间因年深日久不复能记忆，则姑依电脑文档的最后修订日期记载为某年月日前。连这都难以确定的，则只能付之阙如了。

　　本书之形成过程中，家父邵毅平在拙稿的收集整理、篇目编排及细节修订等方面做了许多工作，家母金育理则对校样做了悉心校读。尤其要感谢《新民晚报·夜光杯》编辑祝鸣华先生，其不吝垂青发表拙文曾予我以莫大鼓励和继续写作的动力；也要感谢责编蒋逸征学姐，为本书的最后完善提供了许多宝贵建议。

邵南

2022 年 5 月 7 日于北京

图书在版编目（CIP）数据

未完成的世界 / 邵南著 . -- 上海：上海文化出版社 , 2023.1

ISBN 978-7-5535-2631-7

Ⅰ . ①未… Ⅱ . ①邵… Ⅲ . ①游记－作品集－中国－当代 Ⅳ . ① I267.4

中国版本图书馆 CIP 数据核字 (2022) 第 213000 号

未完成的世界

邵 南　著

责任编辑：蒋逸征
装帧设计：王怡君
封面摄影：邵　南
书名题签：邵　南

出　版：上海文化出版社　　上海咬文嚼字文化传播有限公司
地　址：上海市闵行区号景路 159 弄 A 座 2—3 楼
邮　编：201101
发　行：上海市闵行区号景路 159 弄 A 座 206 室
印　刷：浙江天地海印刷有限公司
规　格：787×1092　1/32
印　张：8.25
版　次：2023 年 1 月第 1 版　2023 年 1 月第 1 次印刷
书　号：978-7-5535-2631-7/I.1019
定　价：48.00 元

告读者：如发现本书有印刷质量问题请与印刷厂质量科联系
电　话：0573-85509555